小 毛 驴
与 我

[西]希梅内斯 — 著 隋紫苑 — 译

北方联合出版传媒(集团)股份有限公司
万卷出版有限责任公司

ⓒ　希梅内斯　2023

图书在版编目（CIP）数据

小毛驴与我 /（西）希梅内斯著；隋紫苑译. —— 沈
阳：万卷出版有限责任公司，2023.8（2023.11重印）

ISBN 978-7-5470-6269-2

Ⅰ.①小… Ⅱ.①希… ②隋… Ⅲ.①散文诗—诗集
—西班牙—现代 Ⅳ.①I551.25

中国国家版本馆CIP数据核字（2023）第096753号

出　品　人：王维良
出版发行：北方联合出版传媒（集团）股份有限公司
　　　　　万卷出版有限责任公司
　　　　　（地址：沈阳市和平区十一纬路29号　邮编：110003）
印　刷　者：辽宁新华印务有限公司
经　销　者：全国新华书店
幅面尺寸：145mm×210mm
字　　　数：120千字
印　　　张：8
出版时间：2023年8月第1版
印刷时间：2023年11月第4次印刷
责任编辑：王　越
责任校对：张　莹
封面设计：仙　境
封面插图：咖啡不加糖.G
版式设计：李英辉
ISBN 978-7-5470-6269-2
定　　　价：36.00元
联系电话：024-23284090
传　　　真：024-23284448

献给阿格迪娅，

那个住在太阳街的小疯子，

她经常给我寄来桑葚和康乃馨。

小 序

人们总以为《小毛驴与我》是我写给孩子看的，以为这是一本童书。

其实不是。当读物出版社得知我正在筹备这本书时，他们请我先把书中最有诗意的几个章节发过去，在《少年丛书》中出版。于是，我一时慌乱，写下了下面的序言：

写给那些将此书读给孩子听的大人：在这一本小小的书中，快乐和痛苦孪生并存，就像小毛驴的一对耳朵，这本书原本是写给……我很难说它原本是写给谁的！……也许是写给那些愿意读抒情诗的人的吧……不过现在，要把它送去给孩子们读了，我会原样奉上，不删减也不增添哪怕是一个标点符号。这样就很好！诺瓦利斯[1]说过，"有孩子的地方，就会有一个黄金时代"。那个黄金时代，如同一座从天而降的精神岛屿，诗人的心灵在此流浪，他悠闲惬

---

[1] 诺瓦利斯（1772—1801）是德国浪漫主义诗人、作家、哲学家。

意，最大的愿望就是永不离开。

天赐之岛，清新之岛，幸福之岛啊，你是孩子们的黄金时代；我在痛苦的海洋里，我的一生中不住地找寻你，渴望你的清风为我带来高昂的琴声，没有意义也没关系，好似黎明时分，纯净阳光下云雀的鸣啼。

我从没写过，也不会去写给孩子们读的书，因为我相信他们完全可以读大人的书，当然也有例外，这在所有人身上都会存在。同样，男人和女人读的书也会有例外，以上。

目 录
Contents

小　银

　　小银是一头小小的、毛茸茸、软绵绵的小毛驴，它摸上去如此柔软，总会让人误以为是棉花做的，没有半根骨头。唯有那对乌黑透亮的眼珠坚硬无比，好似两只黑色水晶制成的甲壳虫。

　　我放开缰绳，它便奔向草地，用鼻子轻抚着各色的花朵：粉红的、天蓝的、淡黄的……轻柔得几乎不曾触碰到花瓣。我温柔地呼唤它："小银？"它就愉快地向我小跑而来，脸上带着我也说不清是从何而来的笑容。

　　我给的东西它都吃。它最喜欢的是柑橘、颗颗如琥珀般的麝香葡萄，还有那滴着晶莹蜜汁的紫色无花果……

　　它温柔亲昵、惹人喜爱，既像个小男孩儿，也像个小女孩儿；然而它的内心却坚如磐石。每到星期天，我都会骑着它散步，穿过乡野间的小巷，这时，总有几个衣着干净、慢慢悠悠的农夫停下手中的活计，看着它说道："真是一头铁打的好驴子啊……"

　　铁打的好驴子。如钢一般坚硬，如月一般银白。

白蝴蝶

　　夜幕降临，雾霭弥漫。泛青的猩红天光仍在教堂钟楼后方徘徊游荡，不忍退去。上坡的道路被黑暗笼罩，被喇叭花、青草的香气、歌声、倦意和渴望笼罩。突然，一个黢黑的人影从堆放煤袋的破茅屋的方向朝我们走下来，他戴着一顶便帽，手拿铁钎，点燃香烟时的火光，瞬间照亮了他丑陋的面庞。小银害怕极了。

　　"驴上载了什么货？"

　　"您自己看吧……是白色的蝴蝶……"

　　那个男人想用铁钎戳小银身上的驮筐，我没有制止，干脆直接打开了小驮筐，可是他什么也没有看见，就放我们走了。幻想的宝藏就是这样，畅通自由而无须隐藏，不必缴费，不怕劫匪，明明朗朗，坦坦荡荡。

黄昏的游戏

踏着黄昏的晚霞，小银和我走进村庄；在茄紫色的夜里，我们冻得发僵；路过干枯河流对面，一条贫苦的小巷；那里的穷孩子们正扮着乞丐，互相吓唬对方。有一个把麻袋套在脑袋上，另一个说自己眼盲，还有一个跛脚佯装……

尽管如此，孩童的世界却千差万别，因为有衣服和鞋子可穿，因为他们的妈妈用她们自己都不知道是怎么找来的食物，填饱了孩子的肚子，让他们自以为个个是王子：

"我的爸爸有一块银表。"

"我的爸爸有一匹好马。"

"我的爸爸有一支猎枪。"

……

天不亮就起床的表，奔不出贫困的马，杀不死饥饿的枪……

后来，孩子们围成个圈儿。在漆黑的夜色里，一个操着外乡口音的小女孩儿，轻声唱起了悠扬的歌，歌声宛如暗夜中一缕流动的水晶，而她简直像个小公主：

我是劳雷尔伯爵的小寡妇……①

很好，很好！尽情地歌唱吧，尽情地做梦吧，穷人家的孩子们！因为不久你们就会成长，当你们的青春崭露头角时，春天便会戴上冬天的面具，如同乞丐般，吓你们一跳。

"小银，咱们走吧……"

---

① 西班牙旧时儿歌《劳雷尔伯爵的小寡妇》，类似《丢手绢》的游戏歌，歌词大意为：我是劳雷尔伯爵的小寡妇，我想结婚但不知与谁，如果你想娶妻，请在这里选取。我会选取（此处为人名）做我的妻子，因为她是整座花园里，最甜美的少女。

日 食

　　我们漫不经心地将手插进口袋里，额头上感到一丝凉爽微风的拍抚，犹如走入一片茂密的松林。母鸡一只只地躲进鸡舍。周围的田野蒙上了一层绿色，那种感觉就好像是教堂祭坛在纱帐的覆盖下，蒙上一层紫色。我们可以望见远方的白色海洋，还能看到闪烁的苍白星光。连屋顶的白都在不停地变换着色调啊！我们站在屋顶上的人，互相开着或好或坏，但自认为机智的玩笑，每个人都黑黑小小的，伫立在日食下那片短暂的静默中。

　　我们用各种工具观察太阳：看戏用的双筒望远镜、单筒望远镜、玻璃瓶、熏黑的碎玻璃；我们从各个地方观察太阳：从瞭望台上、从牲口棚的台阶上、从粮仓的窗户旁、从庭院的铁栅门旁，还有那些点缀着暗红和深蓝的玻璃窗。

　　太阳消失的一瞬间，在金子般光芒的映衬下，一切都变得两三倍，甚至是上百倍硕大和美好，然而现在，失去了悠长黄昏的过渡，一切又变得单薄而可怜，就好像是金子变成了银子，银子又变成了铜板。整座村子就像一枚发霉生锈的小小铜板，再没有了变化。村里的道路、广场、钟楼、山路是多么悲哀又狭窄啊！

　　小银立在牲口棚的另一边，变得不真实似的，它看起来不一样了，像纸裁的；似乎是另一头毛驴……

寒噤

　　明月当空，大而浑圆。令人昏昏欲睡的草地上，长满黑莓的榆叶旁，几只不知从哪里来的黑山羊，正在漫无目的地游荡……就在我们经过时，有人偷偷摸摸躲起来了……篱笆墙上，一株巨大的杏树探出头来，杏花儿和月光将它染得雪白，树冠披上苍白的云彩，三月的繁星被杏树遮盖，小径漆黑，惹人惊骇……橙香刺鼻……潮湿而静谧……令人想到女巫招魔的洞穴……"小银，真……冷啊！"

　　小银呢，不知是自己害怕，还是感受到了我的恐惧，小跑着奔进溪水，把月光踏得粉碎。溪水好像一丛透明的水晶玫瑰，相互攀援，试图缠绕住它惊跳的蹄子……

　　小银边跑边上坡，屁股缩成一团，仿佛有人要追上它了似的。它原以为再也感受不到的东西就在前方，那就是，不远处村落散发的，微弱暖意……

学 堂

小银，如果你能同别的孩子一起上学，你就能认识Ａ、
Ｂ、Ｃ，还能学会七扭八歪地书写。你会和那头蜡做的小毛
驴一样，懂得好多东西——就是那头头戴布花环的毛驴，
小美人鱼的朋友。透过水族箱的玻璃，通身粉色的人鱼被
包裹在碧绿色的水里，露出用金子装点的肉体①；小银，你
甚至会比医生和巴罗斯②的神父更加知识渊博呢。

可是，你才四岁，就已经长得如此高大，如此笨拙了。
哪张小椅子可以容你坐下？哪张桌子才能够你书写？什么
样的课本和钢笔能够供你使用？你打算在唱诗班的哪个位
置歌唱呢，你说？

不行！多米蒂拉老师说不定会罚你在种着香蕉树的院

---

① 这里的人鱼指的是作者生活的时期，在节日活动的集会上为孩子们表演
的节目。
② 巴罗斯是西班牙安达卢西亚大区的一个市镇。1492年8月3日，哥伦布
从巴罗斯港口启航前往美洲。

子里跪两个小时，就是那个总是穿着拿撒勒派①教袍的修女，她一身紫色，腰间系着亮黄色的束带，跟卖鱼的雷耶斯穿得一模一样。她没准儿还会用长长的藤条打你的手心，会把你下午要吃的木梨甜糕吃个精光，甚至会用火烧你的尾巴，害你急得耳朵又热又红，就好像是天要下雨，农夫慌忙收拾怕被淋湿的农具时，心中的那种焦急。

不要，小银，还是不要去学堂了。你跟我来吧。我会告诉你花朵和星星在哪里，它们不会像嘲笑笨小孩一般地嘲笑你，也不会像其他人一样，把你当作傻孩子②，给你戴上可笑的驴帽子，帽子上有两只用靛蓝和赭红描边的眼睛，硕大如河里的渔船，连帽子上的那对耳朵，都比你的要大一倍呢。

---

① 拿撒勒派是基督教福音派下的一个派系。

② 原文为burro，在西班牙语中，这个单词既有驴的意思，也有傻瓜的意思，作者在这里是一语双关。

疯 子

　　我身穿丧服，留着络腮胡，头戴一顶黑色便帽，骑在小银柔软的灰色背脊上，这副模样一定十分古怪。

　　我正要往葡萄园去，在阳光的映照下，小路如石灰般白，当我经过最后几条街时，几个乳臭未干的吉卜赛小孩儿窜了出来，他们脱下绿绿、红红、黄黄的上衣，露着黝黑紧致的肚皮，追赶在我们身后，不停地喊道：

　　"疯子！疯子！疯子！"

　　前方，原野碧绿一片。面对广阔无垠、湛蓝无比的天空，我耳边的叫喊声变得多么遥远！我庄重地睁开双眼，感受到一种无以名状的安宁，和谐而神圣，只有无边无际的地平线才是它的归宿……

　　而在远处，从高高的打谷场上传来尖利的叫喊，那声音模糊不清、断断续续、气喘吁吁、了无生气：

　　"疯……子……疯……子！"

犹 大①

别怕，伙计！你怎么了？好了好了，镇定一下……傻瓜，人们只不过是在枪击犹大罢了。

没错，人们正在枪击犹大。犹大到处都是，一个在蒙图利奥街，一个在恩梅迪奥街，另一个在波索德孔塞霍街……我昨晚就看见了，这些犹大被捆绑在家家户户的露台上，黑夜里看不见绳子，他们仿佛是被某种超自然的力量托举在空中似的。在宁静的群星之下，犹大的样子显得千奇百怪、荒诞至极！有的戴着破旧的礼帽，有的穿着女士的套袖，有的头顶法官的假发，还有的身着肥大的裙撑。连小狗都冲他们叫个不停，欲走还留；马儿也心中犹豫，不愿从他们身下走过……

现在，教堂的钟声敲响了。小银，祭坛的帷幔已经拉开。我想，整个村子的猎枪都已经射出了子弹，无一例外。

---

① 这里的犹大指的是在复活节期间，西班牙某些村镇上举行的宗教仪式。人们会制作代表犹大的假人，在圣周六这一天（复活节前一天）用枪对其进行射击，以惩罚其对基督的背叛。

甚至在这里，都能闻到火药的气息。一声枪响！又一声枪响！

　　只不过，小银啊，如今的犹大是政客、教师、法官、税官、市长，还有产婆；每个怯懦的人都将自己的猎枪上膛，在圣周六的清晨，变得如孩童一般幼稚，把枪口对准最恨的人，利用这场既混乱又荒谬的春日臆想，扣响各自的扳机。

无花果

黎明的寒冷和雾气，对无花果大有裨益，于是我们清晨六点便出发，准备去拉里卡农场大快朵颐。

夜晚仍在无花果树下小憩。树木高大又古老，青灰色的树干纠绞在那清爽的阴影里；树枝强壮而有力，宽大的树叶——亚当与夏娃的裙子①，穿着露水编织的轻薄外衣，白色掩盖翠绿。从这片繁茂的绿林，隐约能望见绯红色的晨曦，逐渐爬上天边，染红东方的纱笠。

我们跑起来，像极了小疯子，比赛谁能率先到达树那里。洛蒂约②和我一起取下第一片树叶，我俩喘着气，笑得几乎不能呼吸。"你摸这里。"她拉着我的手，放在她胸口，年轻的心脏上下起伏，犹如一阵被囚禁的海浪。阿德拉肥嘟嘟的，个子也不高，她几乎跑不起来，就站在那儿生气。我摘下几颗熟透的无花果，给小银放在一根旧木桩上，生怕它自己待

---

① 《圣经》中记载，亚当和夏娃在得知自己赤身裸体后，便用无花果树的叶子为自己制作裙子。

② 洛蒂约和后文的阿德拉一样，都是作者当时家里的用人。

着会觉得无趣。

阿德拉被自己的笨拙气到不行，她嘴上带笑，眼中含泪，开始用无花果对我们发动攻击。第一颗无花果就这样打中了我的额头。接着，是洛蒂约和我的回击，在清晨凉爽的果园里，我们一边尖声叫喊，一边投着永远也扔不准的无花果子弹，结果，并没有几个果实落进我们嘴里，反而都砸在了我们的眼睛、鼻子、胳膊和后颈。一颗无花果砸中了小银，它便成了众矢之的。可怜的小银不会说话，也不能还击，只有我替它抵御；柔软的蓝色果实如霰弹般从四面八方向我们掷来，划过纯净的空气。

两个女孩儿笑得特别开心，她们摔倒在地，身心俱疲，宣布停止这场游戏。

祷 告[①]

瞧啊，小银，到处都是玫瑰花：蓝色的、白色的、无色的……连天空也碎成了玫瑰。你看见了吗？那些从天而降的花朵，落满了我的额头、肩膀和双手……我要用这么多的玫瑰做什么好呢？

或许，你知道这些柔嫩的花朵是从何而来？我真的毫无头绪。花儿每天都令大地更有生机，温柔地为田野染上粉红、素白和天青——下吧，玫瑰雨，下吧——就像安杰利科修士[②]的画，他跪着所描绘的天国那样。

或许，玫瑰[③]是从天堂撒入人间的，如同玫红色的雪一般漫天飞舞，飘落在钟楼上、屋顶上、树木上。看啊：一切粗犷之物，都在花朵的点缀下，变得娇嫩无比。下吧，玫瑰雨，

---

① 基督教传统，每日三次祷告，分别是上午七时、中午十二时和傍晚七时。

② 安杰利科修士（1387—1455）是意大利文艺复兴时期画家，只绘制宗教题材的作品，对上帝十分虔诚。

③ 在基督教的典故中，玫瑰花代表慈悲、怜悯、饶恕、苦难和胜利。相传，耶稣在十字架上受难时，鲜血滴在地上，后来十字架下长出了玫瑰。

下吧……

　　或许，小银，当祷声响起，我们的生命都将失去原有的力量，会有另一种比之前更高贵、更坚定、更纯粹的内在力量，使一切升往星空，承蒙恩惠，闪耀在飘满玫瑰的天际……那么多的玫瑰……小银啊，你不知道的是，其实你温柔望向天空的眼睛，也是两朵美丽的玫瑰。

后　事

　　我的小银，如果你比我先死去，我不会让报丧人把你用小推车拉走，埋葬在巨大的泥滩；更不会把你像其他驴一样，扔下山边的悬崖，因为只有没人疼爱的马和狗才会被丢到那边。你的肋骨也不会被乌鸦啃得血肉模糊，活像日落时分被夕阳染得猩红的桅杆——那道丑陋的风景是商人们的最爱，一到下午六点，他们必开车前往圣胡安车站去观看；你的身体不会变得发胀又僵硬，和肮脏的蛤蜊一起在下水沟里发烂；秋天，孩子们喜欢在星期日的下午去松林里面吃松子，他们鲁莽又好奇，抓着树枝，在山坡上左顾右盼，如果不小心看见你的尸体，也完全不会感到害怕和惊奇。

　　你就安心地活着吧，小银。我会把你埋葬在你深爱的松园，在那棵最高大、最浑圆的松树下面。你将与幸福而安宁的生活一起长眠。在你身边，男孩儿们嬉笑打闹，女孩儿们在小椅子上穿针引线。而我会为你吟咏为孤独而作的诗篇。你还会听到橙园里洗衣姑娘的哼唱；水车转动，水声潺潺，为你永恒的安息带来愉悦和清凉。朱顶雀和金丝雀，一年四季落于长青的树冠，在你的美梦和莫格尔①无边无际的蓝天之间，用它们的莺啼，编织音乐屋脊。

---

① 莫格尔是西班牙安达卢西亚大区韦尔瓦省的一个城市，也是作者的故乡。

刺

我们走进草场的时候，小银开始一瘸一拐地走路，我赶紧从它身上下来……

"伙计，你怎么啦？"

小银轻轻提起右前腿，小心翼翼地露出蹄掌，它没有力气，也不敢用蹄甲触碰小路上面炙热的沙砾。

毋庸置疑，我比它的老兽医达尔旁更加着急，慌忙把它的前腿弯曲，看到了那通红的前蹄。一根粗壮橙树的刺，又长又绿，像一把圆圆的翡翠匕首，狠狠扎在那里。小银的痛令我也心疼到发抖，我赶快把刺拔了出来，将可怜的小银带到黄百合丛旁的小溪，让淙淙流动的溪水，用它清澈的长舌头，把那小小的伤口舔舐治愈。

随后，我俩就一前一后，朝着洁白的大海走去，小银一边跛着脚，一边用头轻轻撞着我的背脊。

燕　子

　　燕子飞来了，小银，活蹦乱跳的小燕子啊，就在蒙特马约尔圣母①画像旁的灰色鸟巢里，跟圣母一样受人尊敬。这只不幸的小东西好像受到了惊吓。我觉得这群可怜的燕子搞错了飞来的时间，就像上周有一天母鸡也搞错了，以为下午两点钟的日食就是太阳落山，便早早地收拾东西躲回了鸡舍。今年，春天风情万种地提早到来，可它娇嫩的身躯终没能抵御严寒，又哆哆嗦嗦地钻回了三月阴雨连绵的云床里。橙园里含苞的玫瑰，还没盛开就要凋零，真叫人于心不忍！

　　燕子飞来了，小银，来得悄无声息。不似往年，第一天就不停问好、不住打探、叽叽喳喳聊天、一个劲儿地啼啭。它们向花朵讲述在非洲的见闻、讲述两次海上的往返：时而游在海面，用翅膀作帆，时而憩息在船舷；讲述日落、黎明和漫天繁星的夜晚……

　　这次，它们不知所措，只能沉默、迷茫地飞，犹如被顽

---

① 蒙特马约尔圣母是作者故乡莫格尔市的守护圣母。

皮小孩儿拦住去路的蚂蚁。它们不敢排成一排，在新街①忽上忽下、花式翻飞；也不敢飞入往年在井下筑好的巢；更不敢像人人放在钱包里随身携带的美丽照片那样，落在电线杆上，白色的绝缘器旁边。北风呼啸……它们会冷死的，小银！

---

① 原文为Calle Nueva，音译可作努埃瓦街，作者和家人居住的第二所房子就坐落在这条街。

厩　棚

中午，我去看小银，正午十二点的阳光照在它柔软银灰的背上，晒出一个金子般的大圆点。它肚皮底下的灰黑色水泥地里，一抹绿光若即若离，想把一切都染上翠绿；阳光从破旧的棚顶倾泻，仿佛下着火雨，雨滴落地，变成一枚枚金币。

小狗迪亚娜原本趴在小银身下，一看到我，就蹦蹦跳跳地跑过来，把两条前腿搭在我的胸口，迫不及待地用粉红的舌头舔我的嘴。一只山羊，立于牲口槽的最高层，向我投来好奇的目光，小脑袋一会儿向左歪，一会儿向右歪，一副娇羞的姑娘神态。而小银，在我进来之前，就咴咴叫着向我问好，这会儿它正忙着挣脱缰绳呢，那样子，真是又焦急又快乐。

一道埋于苍穹之上的七彩虹光，透过天窗洒进棚屋，一时间，我的思绪跟着太阳的光束飞升，几乎忘了自己身处在这片田园诗般的景致里。我猛地回神，踩上一块石头，极目远眺。

碧绿的景色游动于绚丽而慵懒的火光之中，断壁残垣衬托下的天空，蓝得那么纯粹，就在此时，远方响起了甜美却疲惫的钟声。

阉 马

那是一匹黑色的小马驹，它通身发亮，闪着时而胭红、时而碧绿、时而湛蓝的光泽，如同金龟子的甲壳，又好似乌鸦亮丽的羽毛。那初生的眼睛里闪耀着鲜活的火光，真实得就像从马克斯广场①拉莫娜炒栗子的大锅里溅出的一样。这位小勇士，从城外的沙地走来，气宇轩昂，踏着新街的石子路，马蹄嗒嗒作响。别看它脑袋小小、四肢细细，走起路来却是轻快敏捷、活力无限呢！

它优雅地穿过矮门，迈进酒窖，发现这里比自己的身体还要漆黑，只有酒窖尽头可以瞥见一缕令人目眩的光亮。小马驹在这里尽情漫步，随意玩耍。玩够了以后，它便轻身一跃，跨过松木门槛，把快乐带进了绿油油的畜栏；一不小心，还把棚里的母鸡、鸽子和麻雀吓得魂飞魄散。四个大汉早已在这里恭候多时，他们穿着花色的上衣，毛绒绒的手臂交叉在胸前。小马驹被带到了胡椒树下。经过了一番先柔后刚、

---

① 马克斯广场是作者故乡莫格尔市中心的一座广场。

猛烈而短暂的挣扎后，他们成功地把小马驹撂倒在肥料堆，接着，四个男人都骑在了它的身上，其中一个是兽医达尔旁，他圆满地完成了任务，给小马驹凄惨又魔幻的美做了了断。

愿你未绽放的美与你同葬，愿你已展露的美世代流芳。

莎士比亚对友人如是说。

小马驹一整个瘫软下来，它浑身是汗、虚弱不堪、神情黯淡，它现在是一匹真正的马了。一个男人将它扶起，给它盖上毛毯，牵着它缓缓地离开了。

可怜的小马驹啊！它像极了一朵浮云，昨日还能射下轰鸣的雷电，今日却消失不见踪影！它走路的样子好似一本快要散架的书，脚步不再坚实，似乎在马掌和石子之间，多了一种全新的东西，像一棵无根的树，生发得毫无理由。那或许是，春日清晨里，一段暴力、圆满又清晰的回忆吧。

邻 居

　　小银，现在想想，小时候住在我家对面的那些邻居，是多么平易近人、和蔼可亲啊！起先，我们住在里韦拉大街[1]，对面住的是卖水的阿雷乌拉，他家的小院儿朝南，每次我爬上土墙眺望韦尔瓦[2]风光的时候，总能看到他家的院子被阳光晒得金光闪闪。偶尔，大人允许我去他家玩一会儿，阿雷乌拉的女儿就用一大堆酸橙和热情的亲吻招待我，那时，我觉得她像一个成熟的女人，现在她结婚了，我反而觉得她像一个小女孩儿……后来，我们搬到了新街[3]，对面的邻居是堂何塞，塞维利亚[4]来的甜点师。我总是被他脚上的金色羊皮靴闪得头晕目眩，他爱用鸡蛋壳装饰院子里的龙舌兰，还喜欢把自家的门刷成金丝雀那般鲜黄，上面还装饰着海蓝的条纹。有时他来到我家，我的父亲会付给他钱，他呢，总是滔滔不

---

① 作者和家人居住的第一所房子坐落在这条街。
② 韦尔瓦是作者故乡莫格尔市所在的省，位于西班牙安达卢西亚大区。
③ 那条街曾改名为卡诺瓦斯街，后又改名为弗雷·胡安·佩雷斯街。
④ 塞维利亚是西班牙安达卢西亚大区的另一个省，距韦尔瓦省约90公里。

绝地讲他的橄榄园……从我家阳台，可以望见高耸过堂何塞家屋顶的胡椒树，树上落满麻雀，那棵可爱的树，摇曳着多少我童年的美梦啊！我总觉得那棵胡椒树有两种不同的面孔，像两棵不同的树：一棵，从我家阳台望去，在阳光下随风摇摆；另一棵，则笔直地站在堂何塞的院子里。

　　无论是晴朗的午后，还是阴雨连绵的午睡时分，我都曾从栅栏旁、窗户里、阳台上，观察过邻居的房子，在整条街的寂静里，去探索和发现，它每日、每时、每分发生的微小改变，整个过程是多么令人心驰神往、趣味无穷啊！

傻孩子

    每当我们经过圣何塞街回家时，都能看见那个傻孩子，他坐在家门口的小椅子上，望着来来往往的行人。他是众多不幸孩子中的一个，从没获得过语言的天赋，从未收到过神赐的礼物；他是一个快乐的孩子，却令人心生怜悯；他是他母亲的全部，可对外人来说一文不值。

    一天，阴风晦黑，扫过那条洁白的街，我没有在傻孩子家的门口看到他。一只小鸟正在孤单的门槛上歌唱，这让我想起了库罗斯[1]，他是诗人，更是父亲，当爱子夭折时，他深情地问加利西亚[2]的蝴蝶，他的儿子到哪里去了：

    金翅膀的蝴蝶啊……

---

[1] 曼努埃尔·库罗斯·恩里克斯（1851—1908）是西班牙加利西亚大区的诗人。

[2] 加利西亚是西班牙西北部的一个自治大区，当地方言为加利西亚语，也是前文诗人创作诗歌时使用的语言。

春天来了，我又想起了那个傻孩子，他早已从圣何塞街升入了天堂。现在，他一定也坐在一把小椅子上吧，坐在芬芳的玫瑰旁，重新将眼睛睁得大大的，望着天国的辉煌。

扮 鬼

　　小安娜最大的乐趣是扮鬼吓人。她热烈而鲜活的青春，源源不断地涌动着欢乐与兴奋。她扮鬼的时候喜欢裹上一条床单，为自己百合花般的面颊涂上面粉，再给牙齿插上几瓣蒜。每当我们吃过晚饭，在厅堂休息，一个个睡意沉沉，她都会手持一盏小提灯，走下大理石的台阶，静悄悄、阴森森、慢吞吞……然后，倏地出现。她如此扮相，好似连身体也变成了包裹她的长衫。是啊，她站在那幽暗台阶之上的恐怖景象真瘆人，可她通身的洁白，却令人痴迷，透露着一种说不出的丰满和肉感……

　　我永远也不会忘记，小银，九月的那一晚。暴风雨像一颗患病的心，无情拍打着这座小镇，在令人绝望的电闪雷鸣之间，把这里用暴雨和泥石浇灌。雨池已经蓄满，庭院也被水淹。夜里九点的汽车开过，晚祷的钟声敲完，最后一位邮递员也已下班，这是我们平日里最后几个陪伴……我颤颤巍巍地去厨房找水喝，只见，一道青白的闪电，劈倒了贝拉尔德家的蓝桉——我们口中的杜鹃树，整个树干倾砸在工具棚的屋檐……

突然，灯光好似发出了一声恐怖的怒吼，整个房子开始震颤，随即黑暗降临。待一切恢复如初后，我们每个人都离开了原来的位置，绝望又孤单，无暇顾及其他人。我们个个都在抱怨：有的头痛，有的眼睛痛，还有的心痛……慢慢地，又各自回到了自己的位置。

暴风雨正在走远……月光，劈开横在空中的几朵巨云，点亮灌满水的庭院。我们开始各处查看。小狗罗德从院子那边的台阶跑来，发了疯似的狂吠不断。我们紧跟上前……小银啊，在那下面，在夜晚湿淋淋的花朵旁边，散出一股令人作呕的气味，可怜的小安娜，穿着扮鬼的行头，永远地离开了，她被闪电击中的焦黑小手上，还提着那盏没有熄灭的小灯。

晚 霞

晚霞已然爬上山巅，光芒刺眼，如碎玻璃般把自己划出道道伤痕，天边被鲜血染成一片紫色。山顶的绿松林也好似生气一般，涨红了脸；在夕阳映衬下的鲜花和绿草闪着耀眼的光亮，发出潮湿、沁鼻、明艳的香气，飘满这一瞬间的静谧。

我陶醉于黄昏的美景中。小银双眸的乌黑变成了晚霞的嫣红，它徐徐走向一小片又红、又粉、又紫的水洼，用唇缓缓贴近明亮如镜的水面，那面镜子，在被触碰的一瞬间融化成液体，水流似鲜血般涌入小银粗大的喉咙。

这里本是我熟悉的地方，可此时它变得如此怪异、颓废、壮丽。有人说，我们会在任何一个瞬间，发现一座被遗弃的宫殿……黄昏长得超出了自己的界限，时间在这一刻被定格成永恒，变得无边、平和、深奥……

"走吧，小银……"

鹦 鹉

　　我和我的朋友，一位法国医生，正在果园里逗小银和鹦鹉玩儿。这时，一名衣衫褴褛、焦急万分的女人从坡上向我们跑来。她黝黑的身体痛苦地移动着，来到我面前后乞求地问：

　　"先生，大夫在这儿吗？"

　　她身后跟着几个同样破衣烂衫的小孩儿，个个气喘吁吁，不住地往坡上看；只见最后面，几个大汉抬着一个浑身发紫的男人。一看就知道，这又是一个去多尼亚那猎场①偷猎的人。他的旧猎枪上绑着一根草绳，别提多穷酸了。猎人被自己的枪打伤，胳膊上还带着子弹。

　　朋友温柔地凑到伤者跟前，揭开他伤口上胡乱盖着的破布，帮他洗去了鲜血，然后抚摸着他裸露的骨头和肌肉，不时对我说着：

　　"没有大碍……"

---

① 多尼亚那猎场是旧时的皇家猎场。

天色向晚。一股海水的气味，混杂着焦油和鱼腥从韦尔瓦传来……西方的霞光之下，被修剪得圆圆的橙树，尽情摇曳着天鹅绒般的绿叶。红绿的鹦鹉在绿紫的丁香之上盘旋，用它圆圆的小眼睛好奇地望着我们。

可怜的猎人涌出了热泪，夕阳点亮他的泪水。时而，还能听到他发出令人窒息的长叹。鹦鹉学舌道：

"没有大碍……"

朋友给伤者绑上棉布和绷带……可怜的男人嚷着：

"哎哟！"

丁香丛中的鹦鹉还在重复着：

"没有大碍……没有大碍……"

屋顶露台

小银，你从没上过屋顶露台，有些感觉自然就无从知晓。你不知道，当我从昏暗狭窄的木制楼梯间走上去的那一刻，心胸是多么豁然开朗，连呼吸都变得深长；烈日当头，我被阳光灼伤；天空触手可及，蓝色淹没了我；砖地上的生石灰，白得刺眼，晃得我睁不开眼；生石灰的用途是滤净流入储水池的雨水，小银，这件事情你是知道的。

站在屋顶露台是如此令人心旷神怡！你在这里，可以听到塔楼的钟声在胸中回荡，随我们激烈跳动的心脏起伏；还可以看到远方葡萄园里，锄头在阳光下擦出火花。在这里，一切都一览无余：别人家的屋顶、工匠埋头苦干的院子，每个被遗忘的人都在努力维持着自己的营生——椅子匠、粉刷匠、木匠；你还能看到，牧场里的树木和牛羊，墓地里草草了事、漫不经心的黑色葬礼；那站在窗旁，一边唱歌，一边梳妆的少女，一条正在驶入河流的小船，一位在粮仓孤单练习小号的乐手，一场激情而盲目的爱意……

脚下的房子消失了，仿佛变成了地下室。玻璃穹顶下的寻常生活是多么奇怪啊：言语、噪声、美丽的花园；小银，你就只顾着低头饮水，不曾看我一眼，要么就是在那儿跟小燕子和小乌龟傻玩儿，什么都没有发现。

归 来

我骑着小银载满山货而归，小银驮满了马郁兰，我手捧着黄百合。

四月的天色已经渐暗，被夕阳染得金黄的天边现在变成一片银色，就像一幅朴素而明亮的风景画，点缀着水晶的百合花。接着，广袤的天空也从一颗通透的蓝宝石变幻成了一枚绿翡翠。一股忧伤涌上我的心头……

我们缓缓而归。在这纯净的时刻，小镇钟楼顶的瓷片闪闪发光，尽显雄伟，近看犹如远眺的塞维利亚主教堂的钟楼[①]，而我对城市的思念，在春天尤其强烈，是这座钟楼，给了我凄楚的慰藉。

归来……从何处？向何方？为何而归？……我手中的百合花在清凉的傍晚里，香气愈发浓郁、愈发沁人心脾，它在各处弥漫，哪怕是看不见花朵的地方，只闻其味，不见其形，花香飘过之处留下寂寞的阴影，令人身心陶醉。

---

① 作者小镇上的钟楼本是塞维利亚主教堂钟楼的复刻品。

"我的灵魂啊，是阴影中的百合花！"我低吟道。

这时，我猛然想起了小银，虽然我骑着它，却全然忘了它的存在，就像我也忘了自己的身体一般。

紧闭的栅门

每当我们到迭斯莫酒窖[①]去时，我总会从圣安东尼奥小街转个弯，来到朝着田野的那扇紧闭的栅门前。我把脸抵在铁栅门上，热切地左看看、右看看。从那破旧不堪、杂草丛生的门槛里面，可以望见一条向下延伸的小径，到安古斯蒂亚斯街便消失不见。在那后面，有一条更宽、更深的道路，是我从来没有走过的……

栅门外的景象魔幻得令人着迷！尤其是外面的风光和蓝天。就好像是幻想中的屋顶和墙壁把大好风光隔绝开来，让它留在了紧闭的栅栏之外……那里有公路、桥梁、烟雾缭绕的杨树，有砖砌的烤炉、帕洛斯的山丘、韦尔瓦的炊烟，还有傍晚时分，淡河码头的灯光和阿洛尤斯紫色夕阳下孤单且茂盛的蓝桉……

酒窖的工人笑着对我说，那扇栅门其实是没有钥匙

①作者家族的酒窖。

的①……原来我一直都被错误的思绪纠缠，在我的梦中，大门之外是奇妙的花园，美丽的原野……一次，我鼓起勇气在梦境中飞下大理石的台阶，从那以后，我便常常在清晨来到这扇铁栅门附近，心中确信，可以在门的另一边，找到幻想与现实相结合的种子，不管它们是有意为之，还是纯属偶然。

---

① 栅门在本章中可以理解为连接幻想和现实的媒介。

何塞神父

小银，你别看他受过涂油礼 ①，嘴巴甜得像抹了蜜，可事实上，能称得上天使的，其实是他家的母驴。

你或许在他的果园见过他，那天，他穿着海军短裤，头戴一顶大草帽，骂骂咧咧地冲偷他家橙子的小孩们扔石子。你还看到过，在无数个星期五，可怜的巴尔塔萨，他家的租客，拖着气球一般大的疝气，到镇上去卖他那几把惨兮兮的扫把，或者是跟穷人一起为富人的丧事做祷告……

我从没见过比他说话更难听的人，也没见过谁能把咒骂声传到天上去。他的确知道天上是什么样子，至少在下午五点钟做弥撒的时候，他是这么告诉我们的……天上有树木、田地、水源、微风、烛光，那里的一切都如此美好、轻柔、清新、纯洁、生动；但好像一切的美好都只是为他的混乱、死板、冷漠、暴力、颓废提供了依据。每天晚上，

---

① 涂油礼是基督教中极为神圣的一种仪式，曾是基督徒入教的基本礼仪，后演变为赋予极少数人特殊政治身份的典礼。

他果园里的每一块石头都挪了地儿，因为它们都被他恶狠狠地朝小鸟和洗衣妇、小孩儿和花朵扔了去。

　　但是到了祷告时分，他则变了一个人。何塞神父的肃穆，从寂静的乡野传来。他身穿教士服，头戴教士帽，目不斜视，骑在他的母驴身上，如耶稣赴死般，缓缓走进漆黑的村子……

春 天

啊，多么光辉而芬芳！

啊，草原的欢声笑语！

啊，晨曲如此悠扬！

——民间谣曲

一大清早，我睡得正香，窗外传来几个小屁孩儿的尖声叫嚷，让我越来越烦躁。害得我睡意全无，只好绝望地起床，透过敞开的窗户向田野望去，才发觉喧闹的不是孩子，而是几只小鸟。

我走进果园，感谢上苍赐予的蓝天。好一场鸟儿的音乐会：自由自在、清新悦耳、无穷无尽！燕子在井边恣意啼啭；乌鸫在掉落的香橙上吹着口哨；黄鹂叽叽喳喳聊得火热，从一株栎树飞到另一株；金丝雀在桉树梢头仰天长叹；麻雀在繁茂的松枝上放肆争吵。

多么热闹的早晨啊！阳光为大地洒下似金如银的喜悦；五颜六色的蝴蝶到处翻飞玩耍，花丛中、屋子里、屋子外、清泉旁……田野在炸裂，噼啪作响，一个崭新而健康的生命在其中沸腾，呼之欲出。我们仿佛置身于一间巨大的光之蜂房，又好像栖身于一朵硕大而温暖的玫瑰花心上。

蓄水池

　　小银，你看，水窖里已经积满了这几天下的雨。平日里，它没有那么多水的时候，池底会映出太阳的倒影，包裹在一片黄、一片蓝的玻璃水房里，好似七彩的宝珠。而现在，水窖却深不见底，更听不见回声。

　　小银，水窖下面你从没去过。不过，几年前，水被排空时，我倒下去过一次。那就让我给你讲讲它里面的样子吧：先是有一条长长的水道，后面连接着一个小小的房间，我一走进那个小房间时，手中的蜡烛就熄灭了，一条火蝾螈爬到了我手上。立时，我感受到两股可怕的寒气，如同利剑般在我的胸口交叉，像极了海盗旗上，骷髅头下面两根交叉的骨头……小银，咱们小镇下面全是这样的水窖和水道：最大的在萨尔托·德尔·罗沃庭院中，也就是古城堡的所在之处；最好的当然是我家的水窖，你是知道的，因为它的井栏由一整块上好的雪花大理石雕刻而成；小教堂底下的水道通往葡萄园，水径直排到小河旁的田野里；而医院底下的水道至今没有人完整地走过，因为它永远也走不到头儿……

我还记得小时候，在那些漫长的雨夜里，雨水从屋顶流入水窖，发出潺潺的啜泣声，常常令我夜不能寐。转天早上，我们就发疯一样地去看水到底涨到了多少。如果它像今天一样满得快要溢出，我们便会大惊小怪地欢呼和叫嚷！

　　好了，小银。让我给你打一桶这纯净而清凉的雨水吧，这只木桶还是当初比列加斯用的那只呢，可怜的比列加斯啊，白兰地和烧酒可是把他的身体给搞垮了……

流浪狗

这条小狗瘦弱又饥渴，时常会钻进我家的农场。这个可怜的小东西总是战战兢兢的，对大吼大叫和乱掷的石子早已习以为常，连其他小狗也对它充满敌意。而它呢，一次又一次地顶着正午的太阳，缓慢而忧伤地朝山下走去。

一天下午，它又跟着我家的小狗迪亚娜来到了农场。我正要出门，这时，农场看守人一时头脑发热，便拔出了猎枪，猛地朝它射去。等我反应过来时，一切都已来不及，子弹正中要害，可怜的小家伙被拉扯得飞快转了一圈儿，在一声痛苦的哀号后，永远地倒在了一株合欢树下。

小银竖起脑袋，直愣愣地盯着这条流浪狗。迪亚娜吓坏了，横冲直撞地赶快躲了起来。看守人兴许是后悔了，嘴里不停地念叨，也不知是说给谁听，想生气却生不起来，他只想减轻自己的内疚。太阳好像蒙上了一块纱，那么大又那么小的纱，大到可以遮天，小到仿佛只是这条死去的狗眼睛上的一层阴翳。

暴风雨就要来临，狂风呼啸，在午后的寂静里愈发猛烈，阳光把田野染成一片金黄，桉树被劲风吹得不断啜泣，死去的流浪狗在树下安息。

平静的溪流

等等，小银……如果你愿意，就在那块鲜嫩的草地美餐一顿吧，让我好好欣赏一下这条我阔别已久、平静而美丽的小溪……

你看啊，阳光透过那厚重的溪水，点亮了水底绚丽的金绿色，连岸边郁郁葱葱的蓝百合都为之沉醉……俯身看去，水中竟有天鹅绒的台阶，拾级而下，正通往错综复杂的迷宫；还有神话故事中出现的魔幻洞穴，为我身体里的小小画家①赋予无限灵感；还有瑰丽的花园，承载着王后永恒的忧愁，她有着一对碧绿的大眼睛，但人人都说她得了失心疯；还有废墟中的宫殿，便是那日傍晚，太阳斜照在海面上时我所看到的……还有更多，更多，更多……梦是偷不走的啊，它只会拖着自己无限长的长衫，幻化为稍纵即逝的美好，幻化成痛苦春日里的一幅画，深藏于一座在遗忘中若隐若现的花园……偷不走的梦、稍纵即逝的美好、春日里的痛苦、在遗忘中若

---

① 绘画是胡安·拉蒙·希梅内斯的头一个爱好。

隐若现的花园……一切都是那么渺小，却因距离遥远而显得无穷；无尽的感觉涌上心头，那是最古老的魔法师施的咒……

小银，这条小溪曾是我的心，它在寂寞里中了美好的毒，罪魁祸首就是这一汪奇妙、充沛、平静的溪流……当爱情来临时，它打开了堤坝，让腐烂的鲜血进出，在四月里最金黄炙热的时分，把心灵洗濯得单纯、洁净、质朴。

有时，一只苍老的手会把我的心带回过去，带回那汪碧绿而孤单的溪水旁，治愈我的忧伤，就像海拉斯对赫拉克勒斯①做的那样，你还记得吗？那个我用相思的语调，给你讲的故事……

---

① 海拉斯是古希腊神话中的一位俊美少年，大力神赫拉克勒斯的伴侣。

四月牧歌

孩子们带着小银去了杨柳边的小溪，现在，他们又牵着它蹦蹦跳跳地回来了，一路放肆嬉笑，尽情打闹，身上沾满了小黄花。他们在小溪那会儿，下了一阵雨，一片稍纵即逝的云朵遮住青青的草场，几缕金色和银色的光线偷偷钻了出来，彩虹就躲在光的后面颤抖，犹如一首伤感的抒情歌。雨停了，小傻驴的毛儿都湿透了，它背上驮的牵牛花还在滴滴答答。

这真是一首清新、愉快、动人的牧歌啊！连小银的叫声都因这场甜蜜的雨水而变得无比温柔！它时不时地转过头来，顺口扯下一些够得着的花朵。牵牛花有雪白的，也有鹅黄的，先是被它涎在青白的唾沫间，紧接着便进了它的肚儿。小银哪，谁能像你一样，吃了小花……还不难受呢？

好一个阴晴不定的四月下午！小银明亮活泼的双眸里映出阳光，也映出雨水。这时，在圣胡安原野的晚霞里，又一片粉色的云，下起了绵绵细雨。

金丝雀飞走了

　　一天，那只绿色的金丝雀从笼中飞走了，我不清楚它是如何做到的，更不晓得它为什么要这样做。那只鸟儿已经有了一定的年岁，是一位已经离世的女人留给我的纪念，我害怕它被饿死或是冻死，也害怕它被猫儿给叼走，所以从未给过它自由。

　　整个早上，它都飞舞在果园里的石榴树间、门前的松树上、紫色的丁香花丛里。孩子们也一整个早上都坐在长廊，出神地欣赏着这只小鸟时断时续的舞蹈。而小银呢，则惬意地在玫瑰花丛边跟一只蝴蝶玩耍，自由又自在。

　　到了下午，金丝雀飞到了屋顶，停留了好一会儿，在夕阳西下的柔光中振翅。忽然，它又出现在了笼子里，快乐如初，没有人知道它是如何做到的，也不清楚它为什么要这样做。

　　花园里一片欢乐！孩子们跳着拍手，一个个泛红的笑脸如同黎明的曙光；小狗迪亚娜兴高采烈地跟在他们身后，对着自己颈上欢快的小铃铛乱叫；小银也被这快乐的氛围感染，像只小鸟般轻盈，银灰色的身体一跃而起，后腿转起圈儿，跳起笨拙的华尔兹，而后，它又前腿着地，用后蹄在明朗而柔美的天空中蹬了几下。

恶 魔

忽然，街角扬起一阵尘土，形成一片污黑的云朵，只见一头驴子走了过来，步伐笨重又孤独。不一会儿，几个小孩儿气喘吁吁地跑出来跟在它身后，一边提着遮不住他们黝黑肚皮的破裤，一边朝那头驴扔着树枝和石头。

它通体黑色，高大又苍老，没有什么毛儿，瘦得连骨头都要把它光秃秃的皮肤戳出洞来，样子活像修道院里的大祭司。它停了下来，张嘴露出疙疙瘩瘩的黄牙，使出与它衰老的外表完全不符的力量，冲天空竭力嘶吼……或许它迷路了？小银，你认识它吗？它想干什么呢？看它行色匆匆的样子，会是从谁家逃出来的呢？

小银一看到它，先是竖起了两只耳朵，把耳尖合在一起，好像长了一只角；紧接着，又把一只耳朵竖着，另一只耷拉着，朝我走来，无时无刻不想钻进水沟里逃走。而那只大黑驴呢，从小银身边经过，撞了它一下，还扯下了它的鞍鞯。它冲小银嗅了嗅，转头对着修道院的外墙咴咴乱叫几声，便沿着这条街向下跑走了……

此刻，这么热的天里，战栗的感觉又从何而来呢？是我的，还是小银的？一切都错乱了，仿佛一块黑色的布蒙住了太阳，突然遮住了街头转角处那耀眼的孤独，空气在瞬间凝结，令人窒息……渐渐地，远方的声音将我们带回了现实——鱼市广场上此起彼伏的喧闹，鱼贩刚从海边归来，迫不及待地叫卖着他们捕来的新鲜鲽鱼、三文鱼、鲷鱼、鲈鱼、螃蟹，还能听到教堂晨祷的钟声，磨刀声也霍霍作响……

小银还在颤抖着，不时怯怯地看看我，我俩都不知为何不敢出声，也不敢乱动……

"小银，我觉得那只驴并不是真的驴……"

小银依旧颤抖着，嘴上一声不吭，但身体抖得似乎簌簌作响，朝着那黑乎乎的水沟，投去了意味深长的一瞥……

自 由

　　我正望着小径旁的花朵出神，此时，一只浑身发光的小鸟吸引了我的视线。它落在湿润的青青草地上，不停拍打着自己多彩的翅膀，却只是徒劳。我和小银一前一后，慢慢靠近。原来，那里有一处背阴的饮水池，几个淘气的小孩儿就地铺下了一张捕鸟的网。鸟儿痛苦而悲伤地啾啾叫着，不由自主地把自己在天空中的兄弟姐妹也引到了这陷阱来。

　　清晨明朗又纯净，天空一片蔚蓝。旁边的松林里传来一群微弱而振奋的啼啭，那声音忽远忽近，却不曾离去，松树梢被温柔似金的海风吹拂，拍打着这场咿呀唧啾的音乐会。可怜又单纯的小鸟啊，殊不知邪恶的心灵近在咫尺！

　　我骑上小银的背，夹紧双腿，催促它快步跑进松林。到了一片枝叶繁茂的穹顶下，我便用力拍手、放声高歌、竭力叫嚷。小银也被我感染了，一次又一次地大声嘶吼。深沉响亮的回声是我们的呼应，如同身在一口巨大的井底。鸟儿们唱着歌飞走了。

　　远处传来坏小孩儿的咒骂声，小银用它毛绒绒的头蹭着我的胸口，对我表示感谢，力气大到都把我给弄疼了。

匈牙利人

小银，你看他们，在街边的太阳下舒展着身体，好像疲倦的小狗拖着自己的尾巴。

这家的女人堪比一尊污泥做的雕像，身穿红绿色的破旧毛衣，却衣不遮体，处处暴露着古铜色的肌肤；双手如锅底一般黑，正拔着够得到的干草。这家的女孩儿浑身毛茸茸的，正在用一块黑炭在墙上画着令人羞耻的图案。这家的男孩儿尿在了自己的肚子上，就像喷泉喷出的水流，正放肆大哭。这家的男人正跟养的猴子互相搔痒，男人挠着头发，口中不知嘟囔什么，猴子搔着肚皮，就像在弹吉他。

那个男人时不时地站起来，走到大街中央，慵懒地打起手鼓，望着阳台的方向。那个女人被自己的儿子用脚蹬着，一边不顾形象地咒骂，一边哼着走调又乏味的歌儿。他们家的猴子拖着比自己身体还要沉重的锁链，翻了一个既不合时宜，又没有来由的跟头，便跑到水沟里去找鹅卵石了。

三点了……车已出站，开往新街。太阳也孤零零的。

"小银，这就是阿马罗一家的日常……男人如橡树，却只知日日搔痒；女人如藤蔓，与他相依为命；两个小孩儿，一儿一女，为他们延续血脉；而那只搔虱子的猴子，跟这个世界一样孱弱又瘦小，担起了为这一家人养家糊口的重任……"

爱 人

　　清爽的海风沿着红土坡而上，吹到山顶的草地，在娇嫩而洁白的花丛中欢笑嬉戏；又吹进松林，与一棵又一棵松树纠缠在一起；林里的蜘蛛网闪着天蓝色的光芒，像一张张轻盈的船帆，随风鼓动；金色的玫瑰也轻轻摇曳……海风吹拂了整个下午。阳光与轻风是如此温柔地抚慰着我们的心灵啊！

　　小银驮着我，轻快又高兴，丝毫没有怨言，似乎我对它来说一点儿都不重，连上坡的路都轻松得好似下坡。远处，松林的尽头，隐约可以望见一片明亮清澈、波光粼粼的海，让这片山谷有了海岛的感觉。看，下面那处绿油油的草场上，有几头被圈起来的驴子，正从一片草丛跳到另一片草丛。

　　爱欲蓦地在山谷中骚动。忽然，小银竖起了耳朵，把两个鼻孔张得巨大，鼻子直往眼睛的方向缩，露出它豆子般的大黄牙。它深深地呼吸着四面的风，必定是有什么我闻不到的香气沁入了它的心脾。是啊，在那儿呢，就在另一座山头上，小银看到了在蓝天的映衬下，它美丽的灰色爱人。两声悠长而响亮的嘶吼划过明朗长空，又如瀑布般，倾泻而落。

我可怜的小银，我不得不阻止它爱的本能。那美丽的爱人看到它经过，乌黑的双眸里写满了与小银一样的悲伤……

　　自由的肉身里那奇妙的爱欲啊，你在花丛中野蛮生长、肆意游荡，可结果呢，一切都是徒劳！

　　小银不甘心地跑着，每时每刻都在回头，我只能不停地勒紧它的缰绳。它似乎在责备我，仿佛说着：

　　"你怎么能这样，你怎么能这样，你怎么能这样……"

水 蛭

"等等。小银，这是什么？你嘴里有什么？"

小银的嘴在冒血。它边走边咳，步履越来越缓慢。我立时就明白了。今天早上我们路过皮内特泉时，小银在那里饮了一会儿水。尽管它总是挑最清澈的地方饮水，且每次都十分小心地咬紧牙齿，可很明显，还是有一条水蛭溜了进去，狠狠地咬住它的舌头和上颚。

"等一等，伙计。让我看看……"

我找来了做马具的拉波索帮忙，他正从杏树园那儿下来，我俩打算撬开小银的嘴一探究竟。可它的嘴像被罗马水泥封上了一样，不愿张开。我这才明白，其实小银并没有我以为的那么聪明……拉波索取来一根粗木棍，劈成四段，试图用它抵住小银的颚骨……这活儿可不轻松，因为小银把头顶得极高，抬起前腿想要逃跑，不停地乱动……突然，那根木棍不知怎的就斜插进了小银的嘴里。拉波索顺势骑在小毛驴的身上，用两只手握住木棍露在外头的那截儿，用力向后一拉，终于把小银的嘴撬开了。

我猜得没错。小银的嘴里有一条肥大的黑水蛭。我拿了两根葡萄枝当剪刀，一下就把水蛭给扯了下来……那条水蛭好像一个塞满红宝石的小口袋，也像一只装满红酒的小酒壶；而在阳光的照射下，又好像火鸡鼻子下面的赘肉。

　　为了让这条水蛭不再伤害其他驴，我在小溪里把它剪成了两半，小银的鲜血霎时染红了溪水，形成了一个小小的漩涡……

三个老太太

上来，到土坡上来，小银，咱们给这几位可怜的老太太让个路……

她们一定是从海边或是山上赶来的。看啊，其中一个是盲人，另两个正挽着她的胳膊。她们应该是去路易斯医生的诊所，或是医院……看得见的两个人，走得多么缓慢、小心、庄重，仿佛三个人所惧怕的是同一个死神。小银，你看见了吗？她们伸长手臂探路，似乎在用一种近乎荒唐的谨慎，试图驱散那飘在空中的、虚幻的危险，就连最小的花枝也不敢触碰。

伙计，你站稳了，可别跌倒……你听，她们口中的话语是多么伤心。她们是吉卜赛人，穿着带圆点和荷叶边的奇怪衣服。尽管一把年纪，她们的身体依旧挺拔、苗条，走在正午的阳光下，黑黝黝、汗涔涔、脏兮兮的，迷失在尘土中；不过，与她们相伴的，还有一丝残存的美丽，如同一缕干枯而忧伤的回忆……

小银，你看她们三个。滚烫的阳光洒下的甜蜜光线，开满鲜花的春天，让三个老太太在晚年，又重拾了生命的信念。

小驴车

雨后，溪水高涨，漫溢到葡萄园里。我和小银从溪边经过，刚好看到一辆载满了野草和香橙的小驴车，卡在淤泥里，动弹不得。一个衣衫褴褛、蓬头垢面的小姑娘，正扶住车轮，一边不住地哭泣，一边试图用娇小柔弱的身躯为自己的小驴助一臂之力；哎，她那头小驴呀，竟比小银还要瘦小。小姑娘哭着，也没忘了给小驴呐喊助威。驴儿顶着风，使出浑身气力，终究没能把小车从淤泥里拉出来。它的努力白白落了空，如稚童的勇敢徒劳无功，又如夏日的微风，吹得累了，一头倒落在花丛中。

我摸了摸小银，费力地把它套在了驴车上，让它帮那头可怜的小瘦驴使使力气。在我一声温柔的指令下，小银猛一扯，就将驴带车一起拉出了泥潭，拉上了对面的土坡。

小姑娘笑得多开心呀！如果说她的面颊是黎明金黄的苍穹，污黑的两道泪水是天空中的云朵，那么她的笑声就如一缕朝霞，让脸庞瞬间绽放出光芒。

小姑娘不顾脸上还带着泪水，便兴高采烈地为我挑选了两颗又大又圆、沉甸甸的橙子。我感激地收下，一颗给了那头瘦弱的小驴，作为甜蜜的安慰；另一颗给了小银，就当是一枚金灿灿的奖章吧！

面　包

　　小银，我是不是同你说过，莫格尔的灵魂是葡萄酒？我想我错了，莫格尔的灵魂应该是面包，一块小麦面包，内里如面包心一样白，外部如面包的外壳一样金黄酥脆——多亏了那焦黄的太阳！

　　正午，阳光最炙热的时分，整座小镇炊烟袅袅，空气中弥漫起松木和烤面包的香气，仿佛张开了巨大的嘴，准备享用一块更大的面包。面包与任何东西搭配都很美味：浸在橄榄油里，蘸着番茄冷汤，就着奶酪和葡萄，那滋味简直如一枚香吻①；还可以蘸红酒、配高汤、夹伊比利亚火腿，甚至面包和面包一起吃也可以，不用搭配就很美味，好似希望，又如幻想……

　　卖面包的人会骑马来到每一扇大门虚掩的人家，拍拍手，喊道：“卖面包嘞！……”听到吆喝，买面包的人便会撸起袖子，挎着小篮筐出来。而后只听得，四分之一磅面

---

① 这个说法源于西班牙的一句谚语：葡萄面包就奶酪，香吻滋味便知道。

包①掉落到小筐里，跟长面包和圆面包撞到一起，发出温柔的一响闷声。

这时，总会有穷人家的孩子出现，拍打家家户户的大门，向里面哭着久久哀求道："求求你们施舍点面包吧……"

---

① 约115克。

阿格莱亚①

　　小银，你今天可真英俊哪！到这儿来吧……今早，玛卡莉亚可把你给好好赞扬了一番！你身上的白色和黑色都散发着光芒，如同雨后的白天和黑夜一般分明。你真英俊，小银！

　　小银羞答答地看看水中的自己，慢悠悠地朝我走来，身上还带着刚刚沐浴完的水珠，干净得犹如一个出浴的少女。它的脸庞如此洁净，黎明的拂晓也不过如此，大大的眼睛闪着灵动的光，仿佛那是阿格莱亚所赐予的炙热与辉煌。

　　我对小银说着这些甜言蜜语，突然对它萌生出了一种兄弟般的情谊。我温柔地紧紧抱住它的脑袋，淘气地将它晃来晃去，还故意挠它的痒痒……它呢，眼眸低垂，只用双耳轻轻抵抗，却不离不弃；偶尔挣脱我，往前小跑两步，之后骤然停下，像极了一只爱嬉闹的小狗。

---

① 阿格莱亚为古希腊神话中的光辉女神，是美惠三女神中最年轻的一位，另外两位是激励女神塔利亚和欢乐女神欧佛洛绪涅。美惠三女神象征世间一切美好的东西，无论走到哪里都会给当地带来一片美丽欢乐的气息。

"你可真英俊哪，伙计！"我又说道。

听到这话，小银仿佛一个初试新衣的穷孩子，羞怯地跑开，边跑边望向我，用耳朵表达着自己的快乐，又好像要对我诉说什么；它跑累了就停下来，走到厩棚门前，假装吃起五颜六色的牵牛花来。

阿格莱亚，那位将恩典和美好赐予人间的女神，此时，正倚靠在一棵枝繁叶茂、果实累累、落满麻雀的梨树上，隐身于清透的晨光中，笑容可掬地将这一幕收入眼底。

科罗纳的松树

　　无论我在哪里，小银，我都觉得自己置身于科罗纳的松树下。不管我去到哪里，城市也好，爱情之地也罢，甚至是荣耀之地，我都觉得自己是到达了它倾洒在蓝天和白云之下的绿荫里。在我梦境的激流中，它是坐标精准的明灯，如同在暴风雨来临时，为莫格尔的水手们指明方向的灯塔；哪怕日子再艰难，它都是我必将到达的顶峰，仿佛圣卢卡朝圣之路上，那座不可避免的崇山峻岭。

　　每每念及它，我都会感到自己格外强大！它是我在成长的过程中，唯一一个不停壮大的东西，越来越大……当人们砍去它被风暴折断的枝条，我觉得他们砍去的是我的身体；当疼痛向我袭来，我能感觉到科罗纳的松树也在备受煎熬。

　　它和大海、苍穹、我的心灵一样，都配得上"宏伟"这一形容。因为世世代代、各个种族的人都曾在它的树荫下休憩，仰望闲云，正如一代又一代的人都曾出现于大海上、蓝天下及我心的怀念中。有时，我会浮想联翩，没来由的画面经常跃然于脑海；有时，我还会在某个瞬间产生幻觉，而科罗纳的松树总是会化身一幅永恒的画作，出现在我眼前：树叶沙沙作响，树干比以往更加高大。它在呼唤我，唤我到它的树荫下休息，因为我知道，那才是我人生的旅途中，永恒且真正的终点。

达尔旁

达尔旁是小银的老兽医，他身高体胖壮如牛，面色红润如西瓜，体重足有三百斤①，年纪自称是花甲②。

这个人讲起话来仿佛一架五音不全的老钢琴；有时，从他嘴里吐出的不是话语，而是一团空气。不仅如此，他说话时还会频频点头、乱打手势、摇头晃脑、口沫飞溅，简直是样样不缺，恰似一场晚宴前"愉快"的演奏会。

他的嘴里一颗牙都不剩了，唯一能吃的就只有面包心。他会把面包心在手里捏得软乎乎的，揉成一个球儿，再送进他的血盆大口里。小小的面包球儿在嘴里翻来覆去，他足足能含上一个钟头。然后，再吃一个球儿，又吃一个球儿。他用牙龈咀嚼，动作大到连下巴的胡子都能触碰到他的鹰钩鼻。

我说他身高体胖壮如牛，是因为他往门口一站，竟能把整栋房屋都挡住。可是，他对待小银却像对待孩子一般温柔。

---

① 原文为11阿罗瓦，西班牙的重量单位，1阿罗瓦约等于12.5公斤，11阿罗瓦确切地讲其实是137.5公斤，也就是275斤。
② 花甲为六十岁。

假如他看见一朵花，或一只小鸟，会突然露出灿烂的笑容，笑得合不拢嘴，停都停不下来，连自己也控制不住，总是要笑出泪来才罢休。之后，他便会恢复冷静，长久地望向旧墓园，口中嘟囔道：

"我的孩儿呀，我可怜的孩儿呀……"

男孩儿与清泉

农场里积满灰尘，即便是最轻的脚步也能掀起一阵细白的尘土，扑上过路人的眼睛；在这贫瘠的干旱里，炙烤的阳光下，一个小男孩儿正在清泉边，试图与泉水展开一场坦诚而愉快的心灵交流。尽管这儿没有一棵树，心也是满足的，"绿洲"二字不住地浮现在眼前，跃然于青花瓷般湛蓝的天空。

圣弗朗西斯科农场的清晨已如午后般炎热，蝉鸣聒噪，似乎要用叫声锯断它们休憩的橄榄树。阳光在小男孩儿的头上晒着，他却全然不知，一心投在水中。他侧卧在地，把手伸进流动的泉水里。水流滑过他的手掌，形成一座颤抖的宫殿，清凉而优雅，那对乌黑的眼眸，痴迷地盯着掌心。他自言自语，吸着鼻涕，另一只手在破衣烂衫里抓来挠去。小男孩儿掌中的宫殿看似毫无变化，实则千变万化。男孩儿缩起身子，屏息凝神，深陷其中，生怕自己脉搏的跳动会偷走水流最原始、最惊奇的模样，因为哪怕是最微小的颤抖，都会使这块流动的水晶变了形，破坏这支万花筒里，那些脆弱无比的图案。

　　"小银，我不知道你会不会懂得我对你说的话，但那个小男孩儿手捧的，是我的灵魂。"

友 谊

我们十分了解彼此。我随它肆意游走，它载我到天南海北。

小银知道，我爱科罗纳的松树，喜欢贴在树干上轻轻抚摸，还喜欢透过巨大而发光的树冠仰望天空；小银知道，我爱通往古泉的那条绿茵小径；小银还知道，我爱从高山松林间俯瞰河流，将如画美景尽收眼底。每当我骑着小银安心打瞌睡的时候，醒来后总能发现自己置身于诸如此般的画面中。

我对待小银就像对待一个小朋友。如果路途崎岖，它走得吃力，我便从它背上下来，减轻它的负担。我会亲吻它，捉弄他，激怒它……但它深深地明白我爱它，因此从来也不记仇。它和我那么相像，和别人又那么不同，我甚至相信它和我做着一模一样的梦。

小银仿佛一个热恋中的少女，把自己全心全意地交付于我，从不反抗。我知道，我是它的幸福。它甚至对别的驴子和别的人，统统避而远之呢……

哼摇篮曲的少女

卖煤汉有个女儿，生得漂亮，却总脏兮兮的，像一枚硬币。她明眸乌黑，唇若丹霞，在满是污垢的脸上显得格外娇艳。卖煤的少女坐在茅屋门前的瓦片上，正在哄她的小弟弟入睡。

五月的光影在颤抖，灿烂炙热如太阳的中心。在这片明亮的宁静里，只听得田野上的锅在沸腾，马场里的动物在嘶吼，桉树林中的海风正吹拂。

少女甜美而动情地唱道：

> 小宝宝，睡觉觉，
> 安眠于，恩宠里……

她停顿了一下。风吹过树梢……

> 小宝宝，睡觉觉，
> 唱歌的人儿，也睡着……

又一阵风吹过……小银之前还在炙热的松树间轻轻柔柔地漫步，现在慢慢悠悠地走来……俯身卧倒在黑土地上，伴着悠长的摇篮曲渐渐入眠，仿佛孩子一样。

院里的树

　　小银，这棵相思树是我亲手种下的，它翠绿的火苗在一个又一个春天里茁壮生长，此时，已成绿荫一片，枝叶繁茂而优雅，遮挡住落日的余晖。从前，当我住在这栋房子里的时候，这棵相思树曾给予我吟诗的灵感。它的每一根枝条，都被四月装点得碧绿，被十月粉饰成金黄，只看它一眼，我的额头便能感受到清凉，仿佛被缪斯纯洁的手掌抚过一样。多么清秀、多么纤细、多么唯美的相思树啊！

　　如今，小银，它已摇身一变，成了整个院子的主人，树干也变得十分粗壮。我不知道它是否还记得我，但我却有点认不出它了。就在我将它遗忘，好似它从未存在过的年复一年里，春天由着自己的性子，把它打造成了和我心里的感觉截然相反的模样。

　　今天，我从它的身上已经感受不到任何东西了，它只是一棵树，一棵我种下的树而已。还记得，当我们第一次轻抚它的时候，小银，各种各样的感情涌上了我们的心头。我们曾经那么爱它、那么了解它；可重逢时，它却对我们一言不发。小银，我很受伤，多说无用。不行，我不能再看它了。交织在相思树和夕阳下的，是我未写完的诗歌。它美丽的枝条已无法为我带来诗句，树荫下的光亮也不能唤醒我的思考。在这里，在这个我曾带着诗意、清凉、芬芳的想象，于人生中无数次到过的地方，我感到既寒冷又悲伤。我想逃离，如同逃离赌场、药房和剧院那样。

得痨病的女孩儿

在这个粉刷着石灰的阴冷房间里，女孩儿僵直地坐在一把凄凉的椅子上，她脸色苍白、双目无神，活像一朵快要凋零的晚香玉。医生叮嘱她到田野走走，晒晒五月还不怎么炎热的阳光，可是那可怜的女孩儿连这也无法做到。

"我走到桥那里，"她对我说，"您知道吧，先生，一到那里我就喘不上气……"她说得精疲力竭，那纯真、微弱、破碎的嗓音，如同盛夏掉落的一阵微风。

我让她骑着小银出来透透气。只见她一坐上去，那消瘦垂死的脸庞立马绽放出了笑容。多么乌黑的双眸，多么洁白的牙齿啊！

妇人们都从家门口探出头来看我们经过。小银走得很慢，仿佛知道自己驮的是一朵易碎的水晶百合。女孩儿身穿蒙特马约尔圣母的那件洁白长袍，系着殷红的腰带，脸上的表情因兴奋和希望有了改变，此时，她看上去就像一个天使，正穿过小镇，走向南方的天空。

罗西奥圣母庙会^①

"小银，"我说，"咱们等花车队伍来吧。它们会带来远方多尼亚纳森林的低语、阿尼马斯松林的秘密、玛德雷斯河和白蜡树林的清新空气，还有罗西纳山区的馥郁^②……"

我把小银打扮得英俊帅气，带它到泉水街^③向姑娘们献殷勤。夕阳照在低矮的屋檐上，宛若一条粉红的光带，阳光游曳不决，即将逝去。我们来到奥尔诺斯小镇的围栏边，从这里把整条亚诺斯大道尽收眼底。

花车来了，正爬上斜坡。一阵绵绵细雨从紫红色的云里飘落，打湿翠绿的葡萄园。然而，人群却并没有抬起头来看雨一眼。

率先经过的是摩尔人打扮的驴马车队，它们的鬃毛都被

---

① 罗西奥圣母庙会是西班牙安达卢西亚自治大区最著名的宗教游行活动之一，参加游行的兄弟会成员会穿着传统服饰，从各地骑马、坐牛车或是走路出发，会合在罗西奥圣殿，以纪念这位圣母。

② 以上地区都是游行花车会经过的地方。

③ 原文为Calle de la Fuente，音译可作富恩特街。

编成了辫子，驮着一对对快乐的恋人。男孩儿们兴高采烈，女孩儿们神采四溢。兴奋的人群来回走动，以一种毫无来由的疯狂，不停地分开又相聚。接踵而至的车队里载着一群醉酒的人，他们喧闹又混乱，叫人不忍见之。跟在后面的是一辆豪华的板车，挂着白色帷幔，几个皮肤黝黑的如花少女坐在其中，手拍小铃鼓，高声欢唱民谣。还有更多的马，更多的驴……领队的高喊："罗西奥圣母万岁！万岁——！"这个人已没了头发，身体干瘦发红，背着一顶大草帽，金权杖靠在马镫上。压轴出场的是一辆两头牛拉动的大牛车，它们的脑门儿被装饰得五颜六色、锃光瓦亮，反射着雨后变形的阳光。两头牛走起路来摇摇晃晃，样子活像两个大主教；洁白的牛车抬着银紫色的圣母旗帜缓缓走来，被鲜花簇拥着，仿佛一座忧郁的花园。音乐已经响起，但又被钟声、烟火声和马蹄踏在石子路上发出的嗒嗒声掩盖。

这时，小银蜷起蹄子，如女人般双膝跪地——这是小银的独门绝技！真是一头温柔、谦恭、虔诚的好毛驴。

龙 萨①

    我放小银在牧场上游走，它穿梭于纯洁无瑕的小雏菊丛中，自由自在地吃着草。我则躺在一棵松树下，从褡裢里取出一本小小的书，翻到标记的那一页，开始高声诵读：

> 恰似五月枝头的玫瑰，
>
> 花样年华、初生苞蕾，
>
> 天空也艳美……

    在我头顶之上的树梢间，有只小鸟跳来跳去、叽喳不停，阳光把整个树顶连同小鸟一起，染成了一片金黄。啼啭飞舞之间，还能听到种子破裂的声音，是鸟儿在用餐。

> ……也艳美她的多姿多彩……

---

① 皮埃尔·德·龙萨（1524—1585）是法国抒情诗人，以书写情诗著名。

忽然，一个硕大而温柔的东西，像一只入港的船儿，靠在了我的肩头。原来是小银的脑袋，它一定也被俄耳甫斯的琴声①触动，凑过来跟我一起吟诵。我们读道：

……她的多姿多彩，

就在那曙光破晓时分……②

那只鸟儿想必是吃得太急，发出一声走调的鸣啼，掩盖住了最后的诗句。

龙萨一时忘了该怎么继续，"在睡梦中拥抱我的甜蜜爱人……"，他一定也在地底下偷笑吧……

---

① 俄耳甫斯是古希腊神话中人物，善弹奏七弦琴，俄耳甫斯的演奏能令木石生悲、猛兽驯服。此处指作者正在诵读的优美抒情诗。
② 出自龙萨的《第二卷情诗》。

拉洋片的老头儿

蓦地，寂静的街道上响起一阵毫无征兆的鼓点。接着，一声有气无力的叫卖划过长天，声音悠扬却气喘吁吁。几个孩子从下面那条街跑来，边跑边喊："拉洋片的老头儿来啦！看洋片！看洋片！"

街角，小马扎已摆好，上面放着一只小小的绿箱子，箱子上还插着四面粉色的小旗子，镜片对着太阳，静候人们前来观赏。老头儿打着鼓。先是一群身无分文的小孩儿过来了，他们有的手插口袋，有的双手背后，但都一声不吭地围着小箱子。过了一会儿，又一个小孩儿跑来了，这次他的手里拿着一枚铜板。他走上前去，把眼睛贴在镜片上……

"现在你将看到……身骑白马的……普利姆将军①！"老头儿操着一口外乡口音不耐烦地说道，手里的鼓还在敲。

"现在是……巴塞罗那港口！"鼓声渐强。

更多的孩子带着铜板来了，他们痴迷地盯着老头儿，迫

---

① 普利姆将军（1818—1870）是西班牙军事家和政治家。

不及待地要把钱给他，准备观赏那些不可思议的场景。老头儿说道：

"现在你将看到……哈瓦那的城堡！"鼓点再次响起……

小银也跟着邻居家的小女孩儿和她的小狗来看洋片了，它把大脑袋埋进孩子们中间，想找点儿乐子。这时，老头儿一下心情大好，对它说道："你的铜板呢！"

听到这话，没钱的小孩儿们都假装被逗笑了，用一种谦卑的奉承，眼巴巴地望着那个拉洋片的老头儿……

路边的花儿

小银，路边的那朵花儿是多么纯洁、多么美丽啊！赶路的牛羊、马匹、行色匆匆的人群从它身旁走过，它依然甜美，依然娇嫩，依然在围墙边保持着自己的挺拔、艳丽、秀美，不曾染上一丝污垢。

我们每日上山时都抄近路，你总能在青青草地中看到它的身影。有时，它有小鸟相依，我们一靠近，鸟儿便飞离——为什么呢？有时，它宛如一只小小的酒杯，花瓣中盛满夏日清澈的雨水；还有时，它会甘愿被蜂蜜偷偷取走它的蜜汁，也会默许蝴蝶在它周围飞舞盘桓。

虽然这朵花不久便会凋谢，但小银，于我们的回忆里，它却将长存。它的存在会成为你春天里的一日，会成为我生命里的一个春天……小银，我该用什么补偿秋天，才能换取这朵完美之花的永生，乞求它成为我们人生中纯洁而永恒的典范呢？

罗　德

　　小银，不知道你会不会看照片。我给在田里干活儿的几个男人看过这张照片，可他们什么都没看出来。小银，照片上的是罗德，是我时常跟你提起的小猎犬。你看见了吗？它正窝在大理石庭院里的小垫子上，被天竺葵围绕，晒着冬天的太阳呢。

　　可怜的罗德是我在塞维利亚学画时带回家的。它是一只小白狗，毛发闪着光泽，几近透明，圆润得犹如女人的大腿，迅猛得好似流入下水口的水；它身上有几处黑斑，恰似几只暂时歇脚的蝴蝶；两只明亮的眼睛透露着无限崇高的情感。它天性疯狂。五月，大理石的庭院会被百合花装点，阳光透过花房玻璃，把百合染成红的、蓝的、黄的……好像卡米洛先生画的雄鸽。这时，罗德便会毫无来由地开始在百合花丛中疯狂转圈儿，令人头晕目眩。还有时，它会跑到屋顶上，引起巢中雨燕一阵啾啾的骚动。小银，玛卡莉亚每天早上都会给它洗澡，因此它总是一副容光焕发的模样，干净得如同蓝天映衬下洁白的墙垛。

我父亲去世时，它整晚守护在灵柩旁。我母亲生病卧床时，它整月趴在她的脚边，不吃也不喝……一天，有人来到我家，说罗德被一只疯狗咬了……我不得不带它到酒窖，拴它在橙树上，让它远离人群。

当人们把它带走时，它在那条小巷最后一回首的眼神至今刺痛我的心房，小银，那就好像一颗逝去恒星的光芒，能跨越虚空，带着强烈的悲恸，长存于世间……从那以后，每当我的心灵遭受痛苦，罗德留下的眼神，都会如同一枚模糊不清的脚印，浮现在我的眼前，漫长得如同人生通往永恒的小径，于我，便是那条从小溪通往科罗纳松树的小径。

井

井！小银，这是一个多么深邃、多么幽翠、多么凉爽、多么掷地有声的字眼啊！好像单一个字，就能钻入这片黑土地，直达清凉的水脉。

你看，井边有一棵无花果树，它是起了装饰的作用呢，还是扰乱了景致呢？我说不上来；井下伸手可及之处，一朵蓝色的小花儿从长满青苔的砖石里钻了出来，芳香沁鼻；再往下，是燕子筑的巢；接着，垂直而阴凉的井下，有一座翡翠宫殿，那是一片平静的湖泊，扔一个石子下去，便能激起它咕噜咕噜的怒吼。最深处，便是井底的天空。

（夜晚来临的时候，伴随漫天繁星，月亮在井底膨胀。寂静！人烟已走远，灵魂却躲藏于深井之下。从这里可以瞥见黄昏的另一面。暗夜的巨人似乎就要跳出井来，他是世间一切秘密的主人。哦！好一个宁静而魔幻的迷宫、凉爽而芬芳的花园、魅力无穷的厅宇啊！）

"小银，如果有一天我跳入了这口井，我可不是想寻死，相信我，我只是想早点抓住那满天的繁星罢了。"

小银叫了两声，因口渴而焦急。一只燕子从井里飞了出来，小家伙惊魂未定、横冲直撞、悄无声息。

杏

　　小男孩儿和他的毛驴从盐巷①缓缓走来。这是一条曲折逼仄的小巷，两侧的石灰墙被阳光和蓝天映衬得紫红一片。巷子的尽头屹立着一座钟楼，海风连绵不绝地吹蚀着钟楼的南墙，给它褪去外衣，剥出了黑色的水泥。小男孩儿像个小大人，瘦瘦小小的，大檐帽在脑袋上耷拉着，都快要把他的身子给吞没了。他的灵魂沉浸在奇妙的山野里，口中不停地哼唱着属于自己的歌谣：

　　　　……我千辛万苦地乞求哟……

　　他的驴儿没被拴着，正在巷子里轻轻咬着本就不多的、沾满泥污的草，它把身体压得低低的，似乎无法承受背上杏子的小小重量。小男孩儿时不时地猛然停下，似乎意识到了自己正身处一条货真价实的街道，于是便将溅满了泥的双腿

---

① 原文为Callejón de la Sal，音译可作萨尔小巷。

大步迈开，绷紧腿上的肌肉，好像要从大地汲取力量一般；
他把手拢在嘴边围成一个小喇叭，用童稚的嗓音放声吆喝道：

"卖杏子咯——！"

接着，他便又沉浸在了自己的吟唱中，用神父迪亚斯的话讲，好似他卖的东西对他来讲一文也不值：

……我现在不怪你，以后更不会怪罪于你……

百无聊赖间，小男孩儿下意识地用竹竿打了打地上的小石子……

空气中弥漫着热腾腾的烤面包和焚烧松木的香气。迟来的微风轻轻拂过小巷。大钟小钟齐声鸣响，宣告下午三点钟的来到。而后，伴随着又一阵愈加急促的钟声，庆祝活动开始了。钟声渐渐被喇叭的喧嚣与车站发车的铃铛声掩盖。那辆车即将驶入山上的小镇，驶入那片沉睡的寂静里。风吹屋檐，带来一片虚幻的海景：芳香、荡漾、闪闪发光，又同时是一片寂寂无声的无人之海，孤独地拍打着那千篇一律的浪潮。

小男孩儿又停了下来，猛然惊醒，大声喊道：

"卖杏子咯——！"

小银不想再走了。他冲着男孩儿看了又看，对着他的驴子又嗅又蹭。这两只浅灰色的小动物很是心有灵犀，一模一样地摇晃着脑袋，让人想到两只打招呼的大白熊。

　　"好吧，小银，我现在就跟那个男孩儿说，让他把他的驴给我；你呢，就跟着他去卖杏子吧……好不！"

蹬

我们正要去蒙特马约尔农场，那是给小牛犊打烙印的地方。午后，炙热而广袤的蓝天笼罩在铺满鹅卵石的院子里，各式声音都在空气中震荡：骏马愉快的嘶鸣、女人清脆的欢笑、狗儿不安的尖声吠叫。小银站在角落里，一脸急切。

"可是，伙计呀，"我对它说，"你不能跟我们一起去，你还太小呢。"①

奈何小银的性子太倔，我拗不过它，只好请那个呆头呆脑的小子骑着它，跟随我们一起出发。

骑行在明媚的原野上是那么怡人！连沼泽地都好似露出了笑脸，金光闪闪的。风儿拂过水洼，微波荡漾，如破碎的镜子般熠熠发光，倒映着一排排废弃的风车。只听得小银急速尖锐的小碎步夹杂在成年骏马浑厚有力的蹄声里。它必须不停加速，才不至于跟傻小子落在后面，那样子像极了一列

---

① 文中的小银约4岁，属于驴的幼年时期。

从清河①开来的火车。突然，一声巨响，好似枪声。小银的嘴撞上了前面一匹黑白小花马的屁股，紧接着，那匹小马驹迅速地向后蹬了一脚。没有人在意刚刚发生的事情，只有我注意到小银的前腿渗出了鲜血。我慌忙下马，用针和鬃毛为它处理伤口。随后便让傻小子骑着它回家了。

他俩拖着缓慢而忧伤的步伐，沿着村子下面那条干涸的小溪离去，不住地回头望向我们这支神气十足的队伍。

我一从农场回来，就立马前去查看小银的伤势，它正萎靡不振、痛苦万分呢。

"你看吧，"我叹了口气，"我告诉过你了，你不能随便跟人出去的。"

---

① 原文为Ríotinto，音译可作里奥丁托。

驴

　　我在字典上读到："驴：比喻意义，用于讽刺地形容愚蠢的人。"

　　可怜的驴啊！你是如此善良、高贵、机敏！怎么能用于讽刺……为什么呢？难道你不配拥有一个严肃的定义吗？对你最好的形容应该是：一则春天的故事。其实，好人才能被称为"驴"！坏驴应该被定义为"人"才对！这才叫讽刺……你是老人和孩子的朋友、小溪和蝴蝶的朋友、太阳和小狗的朋友、鲜花和月亮的朋友；你聪明伶俐、富有耐心、心思缜密、忧郁伤感、和蔼可亲；你是草地上的马可·奥里略 [①] ……

　　毫无疑问，小银，是懂我的。它用明亮的双眸紧盯着我，目光既温柔又坚定，凸凸的眼珠里映着青黑色的苍穹，当中还挂着一颗火花四溅的小小太阳。啊！它那如诗般的毛绒绒

[①] 马可·奥里略（121—180）是罗马帝国最伟大的皇帝之一，也是一位有名的思想家，著有《沉思录》。

的小脑袋要是知道我在替它主持公道，知道我比那些编字典的人要善良，善良得像驴一样就好了！

　　于是，我在书的空白处写道："驴：比喻意义，当然是用于讽刺地形容那些编字典的笨蛋了。"

基督圣体节[1]

我们从果园归来，路过小溪时就听到了三声钟响，走进了泉水街，钟声则响彻白色的小镇，似乎给这里戴上了一顶青铜皇冠。钟声越来越急促，在空中翻滚，和火花四溅、震耳欲聋的黑色炮仗交织在一起，谱写出一首金属质感的嘹亮乐曲。

街道被粉刷一新，装饰着赭红的线条，点缀着杨柳和莎草，绿意盎然。家家户户都在窗外挂出了材质不一、颜色绚烂的装饰帘，有石榴红的印花锦缎、鲜黄色的棉布、天蓝色的绸缎，服丧的人家挂的则是黑白条纹的羊毛织布。我们转到波尔切街，走过最后几户人家时，镶着镜面的十字架徐徐显现，在落日的余晖中映出红蜡烛的火光。蜡烛滴滴答答，将一切都染成红色。游行队伍缓缓经过，相继映入我们眼帘的有：背着香甜面包圈儿的圣罗克——面包师的守护神，和

---

[1] 基督圣体节是一个天主教节日，庆祝时间为三一主日后的星期四，通常对应每年的五月到六月期间。庆祝形式为做弥撒和宗教队列游行。

代表他的洋红色旗帜；手举纯银船舰的圣特尔莫——水手的守护神，和代表他的灰绿色旗帜；由一对公牛相伴的圣伊西多罗——农夫的守护神，和代表他的淡黄色旗帜；后面还有更多的旗帜、更多的圣人；而后出现的是正在训导幼年圣母的圣安娜[①]、身穿黑白服饰的圣何塞[②]，以及一袭蓝衣的贞洁圣母玛利亚……压轴出场的是由警卫队护送的基督圣体匣，装饰着石榴红的谷穗，雕刻着祖母绿的葡萄，一行人徐徐行进于香薰缭绕的袅袅烟雾中。

天色向晚，四周响起了用安达卢西亚式的拉丁语演唱的颂歌。太阳变成了玫瑰红，与法衣的金黄交相辉映，阳光穿透层层雨水，从里奥街射入，至天边折断。在这六月庄严的时分，几只鸽子飞向被染得猩红的钟楼，落在光洁的卵石上，围成一个圆圈儿，仿佛一束白雪编织的花环。

在此刻的静谧里，小银突然叫了起来。叫声随钟声、炮仗、颂歌、神秘的音乐此起彼伏，也变得甜美而神圣。

---

① 圣安娜是圣母玛利亚的母亲、耶稣的外祖母。
② 圣何塞是圣母玛利亚的丈夫、耶稣的养父。

漫　步

　　我们沿盛夏悠长的小径怡然自得地漫步，细数路边垂挂的金银花。我对天空念着，唱着，作着诗篇。小银则轻咬着墙边阴影里本就不多的青草、吻着沾满尘土的小银花，还有那淡黄的野菠菜①。它走走停停，停的时间比走的时间多，而我并不催促它……

　　扁桃树上结满了春末的最后一批果实，天空那么蓝、那么蓝、那么蓝，我的目光不禁为之沉醉。整片田野在寂静和炙烤中闪闪发光。风儿也纹丝不动，河流上漂浮的小白帆似乎永远地定格在了那里。山上，圆滚滚的浓密黑烟徐徐升起，刺入云霄。

　　可惜，我们的漫游十分短暂，如同纷繁生命里温和而毫无防备的一天，在这一天，天空不是神明的象征，河流不再奔腾入海，烈火也不会酿成悲剧！

---

① 野菠菜的学名是酸模，为蓼科酸模属多年生直立草本植物，味酸，可以用作调料。

空气里橙香弥漫，清凉而欢快的水车转动得嘎吱作响，小银叫着，跳着，开心极了。生命中的欢愉是多么简单啊！蓄水池已经溢满，我取了一瓢池水，畅饮着融化的雪。小银则把嘴伸进去，这里探一下，那里探一下，只为寻一处最清澈的水，然后贪婪地喝了起来……

斗 鸡

　　小银，我真不知该用什么来比拟我当时心中的不快……
那里的红色和黄色是那么刺眼，完全不似咱们国旗的颜色[①]，
它总是飘扬在海上或在蓝天中，惹人喜爱……没错，那种感
觉可能就像是，西班牙的国旗飘扬在穆德哈尔[②]风格的斗牛场
上空……从韦尔瓦开往塞维利亚的一个个车站也都是这种建
筑风格。那里的红色和黄色令人厌恶，令我想到加尔多斯[③]的
小说、报刊亭的陈列、描绘非洲战事的拙劣画作……那不快
的感觉也像是：看到了印有牲口烙印的精致纸牌、葡萄干盒
子上的彩色图画、红酒瓶上的标签、港口小学的奖状、巧克
力包装的画片……

　　我为什么会去那里？是谁带我去的？我只记得那是温暖

[①] 西班牙国旗由红黄两色组成。

[②] 穆德哈尔是一种建筑风格。西班牙曾被穆斯林摩尔人入侵，直到1492
　　年才全面收复，回归天主教的统治。因此，在西班牙有许多结合了伊斯
　　兰教和天主教风格的建筑。穆德哈尔指的就是这两种风格的融合。

[③] 加尔多斯（1843—1920）是西班牙现实主义小说家。

冬日里的一个正午，红酒、烤肠、烟草的气味……到场的有镇长、议员和里特利——那个大腹便便、满面红光的韦尔瓦斗牛士……斗鸡场是绿色的，盈尺之地，人们拥挤地坐在木栅栏后面，一个个露出憋得紫红的脸，好似宰杀后装进车里的猪牛内脏。他们瞪着眼珠嘶喊，眼神里流露着狂热、酒精和粗鄙的心灵……斗鸡场的大门紧闭，又小又热，哈，鸡的世界也不过如此！

阳光不住地照进来，隐约可见缓缓飘动的青烟，光线好似浑浊的水晶。那两只可怜的英格兰公鸡，外形好像两朵大红花，它们互相撕咬着，一并跃身而起，试图啄瞎对方的眼睛；它们承载着人类的仇恨，用涂满柠檬或毒液的爪子撕裂一切；它们一声不吭、眼神空洞；它们的心甚至都不在那里……

可是我，为什么会在那里？又为什么如此痛苦？我不知道……我时不时地望向挂在斗鸡场里一条抖动的布，陷入无限的遐思。那条布仿佛是河流中的一条帆船，又好似纯净阳光下的一棵茂盛橙树，空气里一片橙花的香气……我的灵魂终于被开满花儿的橙树、纯净的微风、高升的旭日所净化，那种感觉是多么美好啊！

……可是我始终没有离去……

黄 昏

　　晚霞祥和而安宁，含情脉脉地斜照在小镇之上，人们在黄昏里追忆起遥远的过去——记忆已不真切，变得几乎不曾相识，却是那么富有诗意、令人着迷！整座小镇仿佛被施了魔法，一动不动，钉在悠长而悲伤的回忆十字架上。

　　明朗的星光下，打谷场里的谷子堆成一座座小小山丘，空气中飘来干净谷粒的香气，香甜又鲜黄。工人们从低处睡眼蒙眬、疲惫不堪地走过，口中还哼着歌儿。寡妇们坐在门口，思念逝去的爱人，他们的长眠之地就在附近，牲口棚的后面。孩子们一个接一个跑过去，好似枝头飞来飞去的小鸟儿……

　　黑暗爬上了一幢幢陋屋，家家户户亮起盏盏油灯。偶尔，会有几个模糊不清的人影游荡经过，他们默不作声、凄惨悲凉，或许是乞丐，或许是前往田地的葡萄牙人，又或许是一个小偷。紫红色的晚霞于万物之上，尽显神秘、平和，与这些人可怕的身影形成鲜明的对比……孩子们跑远了，镇上还有一些没点灯的房子，据说那里隐藏着一个神秘的故事：有人会把小孩身上的油脂提取出来，去给国王孱弱的女儿治病……

印 章

　　小银，那枚印章的外形就像一个小小钟表。打开金属盒子，就能看到它和紫红色的墨水布紧紧相依，如同一只躲在巢中的小鸟。我把它在干净的手掌上用力压了一会儿，印章上的字迹立马显现，精致又鲜艳，别提多令人兴奋了！它刻着：

　　弗朗西斯科·鲁伊斯，莫格尔

　　我在卡洛斯老师的学堂时，有一个朋友，这枚印章便是他的，是我做梦都想得到的啊！我在家中的旧书桌里找到过一套印具，试图自制一枚图章。可惜效果不好，也难显色。不像我朋友的那枚，可以盖在任何地方，不费吹灰之力：书本上、墙壁上、生肉上，每个地方都清清楚楚地印着：

　　弗朗西斯科·鲁伊斯，莫格尔

一天，塞维利亚的银匠阿里亚斯带了一个文具推销员来到我家。他给我们展示的尺子、圆规、五颜六色的墨水和印章，各种款式、各种尺寸，应有尽有，让我迷醉其中、不能自已！我打破了自己的存钱罐，用一杜罗①订制了一枚刻着我的名字和家乡名字的印章。等待的那个星期无比漫长！每当邮递员从我家门前经过时，我都会紧张得心跳加速！而听着他们的脚步声在雨中渐行渐远，我又是那么失落！终于，一天晚上，印章到了。这个小小的东西结构复杂，还附带着一支铅笔、一支钢笔、封火漆用的缩写字母……还有……一些我也不知道是什么的东西！我轻轻按下机关，那枚崭新又耀眼的小小印章便一下子弹了出来。

那天，家里没有什么地方是没被我盖过章的了，家里的一切都成了我的。要是有人借了我的宝贝，我便会提心吊胆地嘱咐："小心！可别磨坏了！"转天，我兴高采烈地把能带的东西都带去了学校——书本、衬衫、帽子、靴子、双手，它们上面都印着：

胡安·拉蒙·希梅内斯，莫格尔

---

① 西班牙旧时货币。

狗妈妈

　　小银，现在我要同你讲的，是枪手洛瓦托的小狗。你应该对它很熟悉，因为我们曾在亚诺斯大道上遇到它好多次……你记得吗？那是一只金白相间的小狗，毛发的色彩像极了五月里阴云密布的一片晚霞。一天，它生了四个小狗崽，却都让挤奶工萨露德抱走了，带去了她在玛德雷斯的小茅屋。她之所以这么做是因为她的儿子病入膏肓，而路易斯先生告诉她，服用狗肉汤可以缓解病情。你知道的，从洛瓦托的家到玛德雷斯桥，要途经塔布拉斯，那可是很长的一段路呢……

　　小银，听人说，那天狗妈妈像发了疯似的，不停地穿进穿出，跑到街上四处寻觅，爬上围墙东张西望，对着人群嗅来嗅去……晚祷的时候，人们还看到它出现在看门人奥尔诺斯的房子旁，立在装煤的口袋上，对着晚霞哀号。

　　小银，你也知道，从恩梅迪奥街到塔布拉斯有多远……那天晚上，狗妈妈从这两个地方来来回回跑了四趟，每趟都叼回来一只小狗。到了早上，洛瓦托开门一看，狗妈妈就守在门口，甜蜜地望向自己的主人。它的四个孩子一个不差，正颤抖地吸吮着那粉红而饱满的乳头呢……

她与我们

　　小银，难道她要离开了？是去哪里呢？她乘坐的火车刷着黑漆，顶着烈日骄阳，飞驰在高高的铁轨上，冲破洁白的云朵，逃往北方。

　　我和你——我们，站在鲜红点缀的金色麦浪里，红的是虞美人滴下的血，七月已让这些小花的边缘蒙上一圈儿灰色，好似一枚桂冠。火车吐出一片蒸汽云朵，映着天空的湛蓝——你还记得吗？——它徒劳地向前翻滚，滚向一片虚无，有那么一瞬间，连阳光和花朵也显得郁郁寡欢……

　　一闪而过的金发女郎啊，她头裹黑纱！宛如幻想中一幅稍纵即逝的肖像画，飞驰的车窗便做了画框。

　　或许她在想：那个穿着丧服的男人和那头银灰色的小毛驴是谁呢？

　　还能是谁呢？当然是我们了……对不对，小银？

麻 雀

圣地亚哥日①的清晨阴云笼罩,宛如被塞进了一团棉花里。所有人都去参加弥撒了。花园里只剩下一群麻雀、小银和我。

圆滚滚的乌云里时不时飘下阵阵细雨。瞧那群麻雀呀!在藤蔓之上往来穿梭、叽叽喳喳吵闹不停,还用小嘴啄来啄去。一只麻雀飞上枝头,停留一会儿便飞走了,留下一根颤抖的枝条;一只飞到井边,在一小片水洼里饮着映在水中的天空;还有一只跳上了开满花朵的屋檐,鲜花虽几近枯萎,却在阴天的衬托下仿佛重拾了生机。

不用过节的鸟儿多么幸福呀!它们的日子自由自在,要做的事情全凭本能,或许单调,但却是最本真的生活。钟声对它们来说毫无意义,不过是飘扬在空中的杂音而已。它们快乐无忧,不受传统的束缚;不似可怜的人类,向往天堂、恐惧地狱,最终沦为奴隶;它们的规则就是它们自己,它们的神明只有蓝天。它们是我的兄弟,是我最亲爱的兄弟。

---

① 圣地亚哥日为每年的7月25日。圣地亚哥是西班牙的保护神。

它们的旅行既不用带钱，也没有行李；心血来潮想搬家的时候，可以飞往任何目的地；它们可以感知河流和树林，张开翅膀，便能拥抱幸福；它们没有星期一和星期六的概念；它们随时随地都能沐浴；它们的爱无以名状，爱的是世间的万物。

可怜的人类啊，星期天还要去参加弥撒！当人们关起家门，小鸟们会突然出现，降落到家家户户的庭院里，愉快地喳喳乱叫，示范着一场无需仪式的爱。在其中一个庭院里，有一个它们熟识的诗人和一头甜美的小毛驴——小银，你跟我是一起的，对吗？——正在用兄弟般的目光，温柔地注视着它们。

弗拉斯科·贝莱斯①

小银，咱们今天不能出门。我刚在小广场上看到了镇长贴出的告示：

"本官下令，凡未按规定佩戴头罩或口套且通行于高尚之城莫格尔街头的犬类，一律射杀。"

也就是说，小银，镇上出现了疯狗。我昨天晚上就听到了一声又一声的枪响，在蒙图里奥街、酒窖、特拉斯穆罗街上回荡，那准是弗拉斯科·贝莱斯创立的夜间巡逻队干的好事。

傻姑娘洛莉亚挨家挨户地敲门，大声地告诉大家，其实根本没有什么疯狗，是我们的镇长跟他的前任巴斯科——那个曾经把傻小子打扮成幽灵的人，专门找了个偏僻的地方，故意放枪，只是为了偷运他们的龙舌兰和无花果酒。可是，万一要是真有疯狗咬伤了你可怎么办呢？小银，我简直不敢想象！

---

① 影射当时莫格尔的镇长弗朗西斯科·佩雷斯。

夏 天

　　小银被牛虻咬了，渗出又深又稠的鲜血来。蝉鸣不停，像是要用叫声把松树锯断……我从短暂的熟睡中睁开眼睛，眼前的沙石地一片耀眼的白，炎热中透着寒冷，如同一块幽灵的化石。

　　低矮的玫瑰丛里，盛开着朵朵丰硕的鲜花，宛如星罗棋布的夜空。玫瑰如烟似纱，又似纸折的，每一朵上都带有四滴洋红色泪珠；一阵令人窒息的热浪袭来，仿佛为矮松抹上了一层石灰。一只缀着黑斑的罕见黄色鸟儿，悄无声息地落在一条枝丫上，纹丝不动，似乎成了永恒。

　　看守果园的人敲起铜锣，把成群结队飞来偷吃香橙的蓝色长尾雀吓跑……我们走到一棵胡桃树下，躲到树荫里，劈开一个西瓜。只听一声脆响，玫瑰色的瓜瓤便露了出来。我一边悠悠地吃着我那半个瓜，一边聆听着远处镇上传来的晚祷声。而小银呢，正饮着它那半甜蜜的瓜瓤，仿佛是在饮水一样。

山 火

大钟响了！三声……四声……失火了！

我们全都把晚饭晾在一边，提心吊胆，从又黑又窄的木头楼梯间爬上屋顶平台，既紧张又着急，却没一个人敢发一言。

"是卢塞纳的田野！"小安娜喊道，她早在我们之前就爬入了黑夜……当！当！当！当！我们一到外面，钟声便更加清晰，敲击着我们的耳膜，压迫着我们的心。

"好大啊……好大啊……火烧得太大了……"

是啊，好大的火。远处黑色松林里的火苗一动不动，像是给松林涂上了一层红黑相间的釉，那场景与皮耶罗·迪·科西莫①的画作《狩猎》中一模一样，在那幅画里，大火就是用黑、红、白这三种纯色体现的。有时，火光无比明亮；有时，火红变成了新月的粉红……八月的夜空高悬而平静，那场大

---

① 皮耶罗·迪·科西莫（1462—1522）是意大利文艺复兴时期的一位画家。

火似乎会永远地留在那里……一颗流星划过，随即没入一片深蓝中……我孑然一身……

　　小银在底下的畜栏里叫了两声，把我拉回了现实……我这才发现所有的人都下去了……那会儿正是葡萄采摘的时节，我在柔软的夜里打了一个寒噤，一股莫名的不适涌上心头。"小鸡"佩佩好似刚从我身旁走过，小时候，我总以为他就是放火烧山的人，以为他是莫格尔的奥斯卡·王尔德。如今，他老了，皮肤黝黑，满头卷卷的白发，身材发胖，穿着一件黑色的外套和棕白两色的格纹裤子，口袋里还塞满了长长的直布罗陀火柴……

溪 流

　　这条干涸的小溪，小银，是我们前往马场的必经之路，也是我童年回忆的一部分。在那本记忆泛黄的旧书里，有时，它是真实的样子：河道弯弯绕过青青草地上一口被封住的井，阳光映照着溪边的虞美人，杏子散落一地；有时，它是我幻想中的样子：因我的心境和情绪而不住幻化，变成了远方，一个不存在的，或是只存在于想象中的地方。

　　小银，关于这条小溪，我在儿时有过很多惊喜的发现，童年的幻想在这条溪流之上绽放出笑颜，如同飞向阳光的一根冠毛①：我知道了，就是这条名为亚诺斯的小溪，将圣安东尼奥大道一分为二，它与流过那片会唱歌的杨树林的小溪竟是同一条；我知道了，在夏天顺着那条干涸的小溪行走，便能走到这里；我还知道，如果在冬天放一条软木塞做的小船到杨树林里的小溪，它就能一路漂流到石榴树这儿，漂到万

---

① 冠毛是菊科植物小花的结构，位于花冠管的基部，能够帮助种子借助风力传播。

忧桥①底，那可是我躲避牛群的地方……

童年的幻想是多么令人欣喜呀！小银，不知道你有没有过这些想象！一切都能在须臾之间发生改变，一切都只是过眼云烟，幻象仅在我们的心中留下片刻的印记……我们行走在人生的道路上，每个人都是半盲的，我们里里外外地看，有时，把生命中的图景倒入灵魂的阴影里；有时，我们谱写出一首稍纵即逝的诗歌，在阳光下照亮我们的心灵，如同在真实的岸边，种下的一朵真实的花。

①原文为Puente de las Angustias，音译可作安古斯蒂亚斯桥。

星期天

铃铛的叮当声盘旋于空，忽近忽远，响彻节日的清晨。蓝天仿佛变成了一个玻璃罩子，把在其中回荡的铃声，放大得格外响亮。连病恹恹的田野也被这些飞舞的愉快音符镀上了一层金色。

所有的人，甚至是守卫，都去城中观看游行了。只有我和小银留了下来。真安静！真单纯！真舒服！我放小银到山上吃草，自己则躺在一棵落满了小鸟的松树下读起了欧玛尔·海亚姆①的诗……

在间隔于钟声与钟声之间的寂静里，大自然的沸腾之音才在这个九月的清晨里得以重现。黑金色的野蜂绕着葡萄藤飞来飞去，藤蔓已被一串又一串的麝香葡萄压得直不起身；蝴蝶翻飞在花丛中，犹豫着要在哪一朵上落脚，它们翩翩起舞、多姿多彩。是孤独让我有了伟大的思想之光。

---

① 欧玛尔·海亚姆（1048—1131）是波斯诗人、天文学家、数学家。

小银时不时地停下吃草，抬起头来看看我……而我，也时不时地停止阅读，抬起头看，看看小银……

蟋蟀的歌声

小银和我在夜里走了太多次，已听惯了蟋蟀的歌声。

它们的第一支歌是在黄昏时唱起的，歌声颤抖，低沉而刺耳。接着，它们会变换调子，逐渐上升，升到合适的音高，就好像是在寻找与此时此地之景相和谐的曲调。忽然，繁星爬上青黛色通透的夜空，蟋蟀的歌声又变得甜蜜而悦耳，好似清脆的铜铃。

夜晚刮起了紫色的清风，花朵们也完全绽放，一股纯洁而神圣的芬芳在平原之上荡漾，香气来自天上深蓝的星空与地上泛蓝的草场。此时，蟋蟀的歌声变得昂扬，响彻整片原野，鸣唱赐予大地一片阴凉。它们的歌声不再颤抖，也不曾间断，每一个音符都相伴相生，犹如诞生在这片深蓝色水晶夜空之下的孪生兄弟。

时间静静地流逝。世上已无纷争，劳苦的人民正在酣眠，仰望睡梦中的天空。或许有一对爱侣，正在土墙边的藤蔓下难舍难分，痴情地凝望着对方吧。蚕豆地里飘出甜美的香气，那是青春的气息，天真无邪、赤身裸体。麦穗随风飘摇，被月光染成绿色，爱恋着两点的风、三点的风、四点的风……蟋蟀的歌已唱了太久，渐渐没了声息……

又开始了！歌声又在黎明时分响起，小银和我打着寒战，走在挂满白露的小径上，准备回家睡觉了。月亮带着满脸的红晕和睡意，渐渐坠下西天。蟋蟀的歌声仿佛被月光和星光灌醉，尽显浪漫、神秘、无边无际。此时，几片惨淡的云从蓝紫色的天边探出头来，将白昼从海面缓缓拉了上来……

斗 牛

小银，我猜你一定不知道那帮孩子是来做什么的。他们来问我，能不能把你借走，想带着你去讨要下午斗牛场的钥匙。不过你先别急，我已经跟他们说了，门儿都没有。

人们可真疯狂呀，小银！整座小镇都为斗牛而兴奋不已。天一亮，管乐队就跑到了酒馆前演奏起来，现在他们早已疲倦不堪，吹出的音没一个在调上；车马在新街上川流不息。胡同后面，有人正在为斗牛班子准备"金丝雀车"，那可是孩子们最喜爱的小黄车呢。庭院里的花都被摘走了①，一朵也没给贵妇们留。年轻人戴着他们的大檐帽，身穿花衬衫，口中叼着雪茄，摇摇晃晃地走在街上，身上散发出混合着马厩和酒精的气味，看了真叫人心酸。

小银，估摸着下午两点，当太阳孤独地照在大地上，当一天的喧闹终于有了喘息的余地，当斗牛士和贵妇们都去换衣服时，我和你将会像去年一样，从后门溜走，穿过小巷，

① 摘花是为了在斗牛表演结束后扔给斗牛士。

奔向田野……

过节的这几天，田野上空无一人，风光旖旎！葡萄园里，偶尔能看见一个老人俯身检查新种的葡萄秧，或是在果园里，察看灌溉的沟渠。远处，喧哗声、掌声、斗牛场上的音乐声从城镇上空升腾而起，仿佛一顶粗鄙的皇冠，我沉着地走向大海，喧闹声渐行渐远……小银，当一个人的灵魂得以抒发其自然流露的真情实感，他才能成为自己真正的王者，因为只有尊重自然，自然才会赠予值得拥有的人那光辉而永恒的美好。

暴风雨

　　恐惧。屏息。汗津。天空低沉而骇人，扑灭黎明。（无处遁形）寂静……爱已暂停。罪恶在颤抖。愧疚蒙住双眼。更加寂静……

　　雷声轰鸣，震耳欲聋，无止无休，如打不完的呵欠，又如从山巅滚落村镇的巨石，悠悠没入荒无人烟的清晨。（无处遁形）一切弱小的——鲜花也好，小鸟也罢——均于生命中消逝。

　　恐惧的人，从半掩的窗口胆怯地偷看制造这场悲剧之光的上帝。东方，云在撕扯，空中的残红如此悲惨、如此污浊、如此冷漠，似乎永远也无法战胜那片黑暗。黎明六点的天光看起来像半夜四点，一驾马车冒着大雨驶入一处犄角旮旯，车夫试图用歌声赶走恐惧。接着，又一辆采摘葡萄的空车匆匆而过。

　　晨祷的钟声敲响了！沉重而独孤，在阵阵雷声里兀自啜泣。那是世界上最后一次祈祷吗？钟声要不就停下吧，不然就敲得更猛烈些，猛烈到把这场暴风雨淹没才好。有的人在房里徘徊，有的人正在哭泣，还有的人不知道该做些什么……

（无处遁形）人心已僵硬。孩童的哭闹从四面八方响起……

"小银怎么样了？它独自待在那个简陋的厩棚里，不会有什么事吧？"

葡萄收成

　　小银，今年来卖葡萄的驴车可真少呀[1]！葡萄园里的大字招牌上写着：每公斤六个银币。可始终不见人来买。那些从卢塞纳、阿尔蒙特、巴罗斯[2]来的驴车都去哪儿了？往年，它们总是一车一车地驶来，满载这些紫褐色的液态黄金，葡萄们一个挤一个，紧密得如同你我的关系，没有丝毫缝隙，鲜血般的蜜汁洒满一地。那些在榨汁作坊门前排着队，一等就是好几个小时的马车，又去哪儿了呢？那会儿，葡萄汁流得满街都是，妇人们和孩子们从家里取出坛子、缸子、瓮子，争先恐后地将它们一一盛满。

　　小银，那时的酒窖可热闹了，尤其是咱家的迭斯莫酒窖。工人们在倾倒于屋顶的胡桃树下，一边清洗着酒桶，一边用冰凉、响亮、沉重的调子唱着歌；酿酒师们光着腿，手拿色泽鲜亮、泡沫丰盈的葡萄酒，或美其名曰"斗牛之血"，走来

---

① 19世纪的最后十年间，西班牙安达卢西亚葡蚜肆虐，几乎所有的葡萄园都受到了影响，葡萄收成跌入谷底。

② 卢塞纳、阿尔蒙特、巴罗斯都是莫格尔附近的村镇。

又走去；酒窖的另一边，在工具棚边上，桶匠们沉浸于干净芳香的木屑中，正一槌又一槌地用情敲击……在酒窖工人们关切的注视下，我骑着海军上将①，从一个门走进来，另一个门走出去，两个门正对着，互相给予对方生机和光亮……

还记得那时，二十个榨汁作坊日夜不停地工作。多么疯狂！多么纷乱！多么炙热的乐观！可今年，小银，他们都封上了窗，只剩畜栏旁的一家还开着，里面也只有两三个工人在干活儿。其实一家就够了，甚至还多呢。

现在，小银，该做点什么了，你老这么优哉游哉的可不行。

别的驴子在看你呢，它们身上都驮着东西，只有你，轻快又自在。为了不让那些驴子讨厌小银，说它的坏话，我带着它一起去了旁边的果园，给它载上了葡萄，往榨汁作坊的方向走去，我们走得十分缓慢，故意让那些驴子看见……就这样，把小银悄悄地带走了。

---

① 作者少年时期常骑的小马驹。

夜 曲

村里洋溢着节庆的氛围，庆典的灯光染红夜空，微风送来了酸楚而伤感的华尔兹舞曲。紧闭的钟楼，于时而紫红，时而深蓝，时而草黄的光晕之中，看上去苍白沉默、僵硬死板……郊外漆黑酒窖的后面，一轮金黄的明月慵懒地坠入夜空，孤独地悬于河流之上。

田野一片寂寥，只剩树木和树荫。蟋蟀唱响刺耳的乐曲，流水发出喃喃的梦呓，夜空中弥漫着一股柔软的湿润，仿佛星星融化了一般……小银在它温热的厩棚里，伤心地叫了起来。

山羊还醒着，它们走来走去，脖子上的小铃铛不停地响，起先凄厉，而后甜蜜，最终销声匿迹……远处，在蒙特马约尔的方向，又一只驴子叫了起来……接着，在胡埃洛山谷里，又一只……狗也开始吠叫……

夜如此清朗，院子里花朵的颜色鲜艳得宛如白昼。一个孤单的男人走过泉水街尽头的房子，在一盏摇曳的红灯下转了弯……是我？不是的，因为我正身处于浮动着金色的暗夜里，在月光、丁香、微风和阴凉交织而成的芬芳中，聆听着自己内心，聆听着那深沉且独一无二的声音……

　　地球在转动，软绵绵、汗涔涔的……

萨利托

一个火红的午后，我正在小溪旁的葡萄园里采摘葡萄。妇人们对我说，有一个黑人小伙来找我。

于是，我往打谷场走去，正好看到了他从山下的小路走上来：

"萨利托！"

是萨利托呀，我的波多黎各女友罗萨莉娜[①]的用人。为了参加各村镇的斗牛活动，他逃离了塞维利亚，又饥寒交迫、身无分文地从雾村[②]徒步而来，现在肩上只披了件斗篷。

摘葡萄的农夫们都斜着眼，轻蔑地瞥向他；跟他们一起干活儿的农妇们也都学得避嫌，看都不看他一眼。就在刚刚经过榨汁作坊时，他跟一个小孩儿打了一架，小孩儿把他的耳朵咬伤了。

---

① 罗萨莉娜是波多黎各诗人和历史学家萨尔瓦多·布劳的女儿，与作者在塞维利亚求学时相识。

② 原文为Niebla，音译可作涅布拉村。

我冲他笑笑，亲切地与他交谈。萨利托不敢跟我有肢体接触，而是充满尊敬地看着我，同时轻轻抚摸着小银，这个小家伙正在到处捡葡萄吃呢……

午 睡

　　我在一棵无花果树下醒来，午后的阳光透露出一缕伤感的美好，一切都泛着苍白与浅黄。

　　干燥的微风充盈着蔷薇的芬芳，轻轻拂过我刚睡醒还汗涔涔的身体。慈祥的老树摇动着硕大的叶子，时而把我罩在阴影里，时而把我曝在阳光下，叫人头晕目眩，仿佛我正躺在一个微微晃动的摇篮里，从阳光摇向阴影，又从阴影晃回阳光。

　　远处的小镇上一个人也没有，三点的钟声在水晶般的气浪之中响起。小银刚给我偷了一个果肉甜美的大红西瓜；听到钟响，它站定了，一动也不动，用大大的眼睛望着我，眼睛周围还粘着一个黏糊糊的绿头蝇。

　　凝视着小银疲倦的目光，我的眼睛再次变得沉重了……清风吹拂，犹如一只展翅欲飞的蝴蝶，又倏地收回翅膀……翅膀……我的眼皮没了力气，一下子便合上了……

烟 火

　　九月将近，夜晚常有庆祝活动，我们坐在果园别墅后的小山坡上，伴着池边晚香玉散发的阵阵清香，感受着镇上节日的氛围。葡萄园的老看守皮奥萨醉倒在地，仰面朝着月光，唱起安达卢西亚的民歌，一唱就是好几个小时。

　　夜已深，烟火表演开始了。起先是火药引子喷出的火花，噼里啪啦，声音不大；而后，烟花像火箭般一飞冲天，在空中爆裂，瞬时，夜空宛如映着点点星光的眼眸，田野也被染成红的、紫的、蓝的；火花坠落，犹如少女的胴体，又如洒落光之花朵的垂柳。啊！这里是火红的孔雀，那里是夜空中的玫瑰，还有漫游在星星花园里的七彩锦鸡！

　　烟火将夜空照得忽蓝、忽紫、忽红，每一次爆裂都吓得小银一跳。在飘忽不定、时大时小的光芒中，它瞪着又黑又大的眼睛，惊恐地望着我。

　　高潮就要来了，远处的小镇一片欢腾，伴随一声震耳欲聋的巨响，一顶发光的皇冠出现在城堡之上，飞旋至繁星满布的夜空。妇人们吓得闭上了眼睛，遮住了耳朵。小银则跌跌撞撞地奔跑在葡萄地里，像是被恶魔掠走了灵魂一般，对着黑暗中平静的松林，疯狂地乱叫。

大果园

难得进一次城，我打算带小银去看看大果园……我们沿着铁栅栏向下行路，缓缓走在依旧果实累累的合欢树和香蕉树下，走在它们洒下的怡人阴影里。小银的蹄子踏在石板路上，发出嗒嗒的回响。灌溉果园的流水把道路磨得光滑锃亮，这一块被天空映得湛蓝，那一块被散落的小花染得洁白，甜美的芬芳随水汽而升腾，洋溢在小路上。

攀援在铁栅栏上的常青藤滴滴答答，水滴也打湿了花园，多么清凉！多么馥郁！孩子们在花园里玩耍。只见一辆绿色篷顶的观光小车碾着一地的白色落花开过，丁零零按着喇叭，车上还插着紫色的小旗；卖榛子的小船被刷成红色和金色，船索上穿着花生，烟囱里飘出缕缕青烟；一个小女孩儿手拿一把巨大的气球，蓝的、绿的、红的；卖蛋卷的小贩正躺在他的红色铁桶下小憩……秋天已在一片翠绿中崭露头角，只有柏树和棕榈常青。天边，透过粉红的云彩，一轮金黄的明月逐渐点亮……

不知不觉间，我们走到了大果园的门口，正要进去时，守门的男人拦住了我，他一袭蓝衣，手拿长棍，戴着一块大银表，对我说：

"驴不能进，先生。"

"驴？什么驴？"我回答道，抬眼望向一旁的小银，忘了它其实是一只动物。

"还有什么驴？先生，当然是你那头驴了……！"

我回过神来，既然小银作为一头驴子不能进，那我作为一个人，也不愿进了。我带着它掉了个头，沿着铁栅栏向上走去，一边轻轻抚摸着它，一边跟它聊起了别的话题……

明 月

　　小银畅饮了两桶布满星光的井水，正往厩棚走去。它穿梭于高高的向日葵之间，走得慢条斯理、心不在焉。我躺在门槛上，被荠菜花的微香萦绕，静静等候着。

　　屋檐之外，远处的田野正在酣睡，九月的潮气温柔地滋润着它，传来一股浓烈的松香。一朵巨大的黑云，如同母鸡一般，下了一个金黄的鸡蛋，明月留在了山丘之上。

　　我对月吟咏：

　　　　……明月寂寥，

　　　　高悬于空，

　　　　永不坠落，

　　　　唯有梦中。[1]

---

[1] 选自意大利诗人贾科莫·莱奥帕尔迪（1798—1837）的诗。

小银一边全神贯注地盯着月亮，一边抖着一只耳朵，发出软绵绵的声音。随后，它出神地望向我，又抖了抖另一只耳朵……

欢 乐

小银正在跟迪亚娜——如新月一般漂亮的小白狗、年老的灰山羊，还有孩子们一起玩耍。

迪亚娜优雅敏捷地跳到小银跟前，佯装要咬它的样子，脖子上的小铜铃发出清脆的声响。小银竖起耳朵，好像两只牛角，温柔地回击，把迪亚娜撞得直在开满鲜花的草地上打滚儿。

山羊站在小银身旁，一边用身体蹭它的腿，一边用牙齿扯它驮在背上的蒲草。山羊口涎石竹花，抑或是小雏菊，跑到小银正对面，用头撞一下它的脑门，又蹦蹦跳跳地跑开，愉快地咩咩叫起来，那娇羞的样子，简直像一个小女孩儿……

在孩子们中间，小银则变成了他们玩耍的对象。面对那童稚的疯狂，它是那么富有耐心！它走得慢悠悠，时不时停下来，一副傻样，生怕孩子们跌倒！有时，它又会突然佯装奔跑，把他们吓一大跳！

莫格尔秋日的午后，十月纯净的微风把田野之声磨得锋利，恬静的欢欣响彻村镇上空：羊叫、驴鸣、孩童之笑、犬吠、铃铛……

鸭子经过

我去给小银拿水喝。寂静的夜晚布满游云与繁星，只听得从畜栏的方向，不断传来清晰的扑棱声。

是一群鸭子。它们定是为躲避海上的风暴，来到了内陆。它们的翅膀、喙发出的微弱的声响，仿佛在逐渐向我们靠近，那种感觉就像是在田野上可以清楚地听到远方行人的低语……

一个又一个小时，野鸭的逃离仍在继续，那声响连绵不绝。

小银时不时停止饮水，像我一样，怀着无限温柔的遐思，抬起头来看看星星，宛如米勒画笔下的女子……

小女孩儿

　　小女孩儿①是小银的最爱，她总是一袭白裙，头戴草帽，穿过丁香丛向小银跑来，娇滴滴地叫道："小银，小银呀——！"每当这时，小银都会试图挣脱绳索，像个孩子似的蹦蹦跳跳，疯狂地咳咳叫着。

　　她呢，一点都不害怕，在小银身下钻来钻去，用脚顽皮地踢它，还把晚香玉般洁白的小手伸进它一口大黄牙的嘴里；有时，她会揪着小银的耳朵，贴近自己，百般宠溺地唤它的名字："小银！大银！银儿！银银！大银子！"

　　在那漫长的日子里，小女孩儿躺在洁白的病榻上，自生命源头向下流逝，滑向死亡，没有人想起小银。她曾在梦呓中悲伤地呼唤："银儿……"在这个充满叹息的昏暗房间里，时不时地可以听到那个远方挚友伤感的回应。唉，多么凄凉的夏天！

　　举行葬礼的午后美丽非凡。殷红灿烂的九月已接近尾声。

---

① 小女孩儿是作者已去世的侄女。

钟声在墓园上空的晚霞中回荡，搭就一条通往幸福的路！……我顺着土墙，伤感地独自走回了家，特意从畜栏旁的小门进入，不想让任何人看到我，转身便走进厩棚，坐在小银身边，和它一起，陷入了沉思。

牧 童

　　山丘之上，紫红色的天空开始转暗，变得骇人。牧童的黑色身影映在青黛的暮色中，于闪闪金星下吹着短笛。羊群在村口的牧场上散开了一会儿，羊儿脖子上的小铃铛发出清脆甜美的丁零声，与花香交相辉映。朵朵鲜花在暗夜已隐去了踪影，可香气却愈加浓烈，甚至在空气中有了花的形象。

　　"先生，那只驴子要是我的就好了……"

　　在这日夜交替的须臾，牧童看上去更加黝黑、富有诗意。他用眼睛快速捕捉着每一个明暗交杂的瞬间，仿佛塞维利亚画家巴托洛梅·埃斯特万[①]笔下的小乞丐。

　　我多愿意把驴子给他啊……可是，小银，没了你，我可怎么办？

　　一轮圆月于蒙特马约尔修道院上空升起，轻柔的月光徐徐洒满草地，那里还有一丝天光流连不断，尚未褪去；满地鲜花，如同梦境，一种说不上来的原始美丽蓦地上演；岩

[①] 巴托洛梅·埃斯特万（1618—1682）是西班牙塞维利亚的画家。

石变得比往常更巨大、更危险、更伤感；看不见的溪水在哭泣……

小小的牧童走远了，可我还是能听见他渴求的呼喊：

"哎！要是那头驴子是我的，就好了……"

金丝雀死了

　　小银，你看：孩子们的金丝雀今早死在了银鸟笼里。这只可怜的小家伙确实已经很老了……你一定还记得，去年冬天它一声没叫，直把脑袋往羽毛里藏。今年春天，太阳滋养着美丽的花园，庭院里开出了最美的玫瑰，它也好似受了鼓舞，放声歌唱，想用歌声开启生命的新曲，可它的嗓音支离破碎，上气不接下气，好似一支残损的笛。

　　平时照顾金丝雀的是那个最大的孩子，他看到它僵直地躺在笼底，急得大哭："可是它什么都不缺啊，吃的喝的都有。"

　　的确，它什么都不缺，小银。如果是坎波亚莫尔[①]，他一定会说：它就这么死了，不过是一只年老的金丝雀罢了……

　　小银，鸟儿有天堂吗？蓝天之上是否有翠绿的果园，金色的玫瑰丛中花儿绽放，鸟儿的灵魂在当中飞翔，粉的、蓝的、黄的……？

---

① 坎波亚莫尔（1817—1901）是一名西班牙诗人。

听着：到了晚上，你、我、孩子们，咱们一齐把小鸟带去花园埋葬。现在正值满月，月光苍白而凄凉，到时，布兰卡①会将这只可怜的歌唱家放在她纯洁的掌心，犹如一片枯萎的百合花瓣，接受月光的洗礼。而我，将会把它埋葬在最大的那片玫瑰丛下。

春天的时候，小银，我们就能看到鸟儿从一朵白玫瑰的花心飞出。芬芳的空气中会充满欢快的乐曲，一双隐形的翅膀舞于四月的艳阳下，还有那一线神秘、颤抖、清晰、金黄的鸣啼。

---

① 布兰卡是作者的另一个侄女。

山 丘

小银，你一定没见过，那个躺在山丘之上，融浪漫与古典于一身的我吧？

牛群、狗群、乌鸦群从身边经过时，我都不为所动，甚至不看一眼。夜幕降临，唯有黑暗将我驱赶，我才肯离开。我已记不起自己第一次去那里是什么时候，甚至不知道自己是否真的去过那里。你一定很清楚我指的是哪里，就是在科巴诺的旧葡萄园后，宛如一对男女身躯般矗立的红土山丘。

在那儿，我读过太多的书，诞生过无限遐思。我能在所有的博物馆里看到我自己的画作：我，穿着黑色的衣服，侧身躺在沙滩上，思绪自由自在地游离于我的双眼和落日之间，背对着我、背对着你、背对着所有看画的人。

从松林的房里传来催促我回家吃饭，或是上床睡觉的叫喊。我觉得，自己应该走了，但又不确定是否真的走了。不过，我能确定的是，小银，我此时此刻不在我所在的地方，并未与你在一起，我也不会在任何我存在的地方，连死后也不会在坟墓里；我会永远置身于那座融浪漫与古典于一身的红土山丘上，手拿一本书，望向河流之上的落日……

秋 天

小银，太阳已开始变得慵懒，不愿离开它的床褥，农夫们起得比它还要早。现在不添些衣服还真是有些凉呢。

北风刮得可真带劲！你瞧，地上全是掉落的树枝；风儿猛烈笔直地吹着，把它们吹成一排一排的，根根指向南方。

小银，要知道铁犁在战时是一件粗笨的兵器，在和平之年，则加入愉快的耕作之中；潮湿而宽阔的道路两侧，树木虽已泛黄，却满怀重新变绿的信念，如同金色的篝火般，照亮我们疾行的脚步。

拴住的狗

小银，于我，初秋有如一条被拴住的狗，在日渐转凉的悲戚傍晚里，它寂寥地站在畜栏、庭院、花园中，真切而悠长地吠叫着……这几日草木泛黄，秋意渐浓，不论我在何处，小银，我总是能听到这条被拴住的狗，对着落日哀号……

它的哀号让我想到一曲挽歌，用以怀念生命中一切逝去的辉煌，仿佛一颗贪婪的心，守护着破产前的最后一处宝藏。然而，那辉煌当真存在过吗？抑或只是贪婪灵魂的妄想？好比孩子们用一小块镜子的碎片收集阳光，投射在墙壁的阴影上，将蝴蝶和枯叶重叠成一个幻象。

麻雀和乌鸫追着太阳，在橙树和合欢树的枝丫间越跳越高。阳光变成殷红，而后暗紫……美好的景致让这静谧而短暂的时刻变得温馨，好像一切死去的，都还活着。狗又吠叫起来，尖厉而狂热，它似乎知道，这份美丽正在走向死亡……

希腊乌龟

　　一天中午放学回家时，我和哥哥在一条小巷里找到了它。八月里，小银，天空蓝得那么浓郁，浓到甚至有些发黑呢！为了不那么晒，我们抄了一条近路……它就趴在谷仓墙边的草丛中，脏兮兮的，跟泥土一个颜色，毫无防备地躲在那只死去的老金丝雀被埋葬的地方。在家里工人的帮助下，我们战战兢兢地把它拾了起来，一进家门，便气喘吁吁地大喊：一只乌龟！一只乌龟！我们用水冲洗它，因为它实在是太脏了，背上乌黑金黄的图案如拓画般，逐渐显现了出来……

　　学堂的华金先生、外号"绿鸟"的大叔，还有其他听说这件事的人都跑来跟我说，这是一只希腊乌龟。后来，我在学堂上自然史课时，在书本里找到了一幅乌龟插画，跟它一模一样，就叫这个名字；我还在商店的玻璃橱窗里见过它，外面的标签上也写着这个名字。所以，毫无疑问，小银，这就是一只希腊乌龟了。

　　从那时开始，它便和我们在一起。孩童时，我们可没少提弄它：把它放在秋千上荡来荡去；把它扔给小狗罗德；把它四脚朝天翻过来，丢上好几天……一次，为了看看它的壳到底有多硬，小聋子朝它开了一枪。没想到，子弹反弹回来，射死了一只在梨树下饮水的可怜白鸽。

有时，我们好几个月都寻不见它的踪影。而它呢，会突然出现在煤堆里，一动不动，好像死了一样；还会现身下水道……如果鸟巢里的鸟蛋空了壳，我便知道是它搞的鬼。它和母鸡、鸽子、麻雀一同进食，最喜欢的是番茄。春天，它会把畜栏占为己有，好像正从自己干枯、年迈、永恒、寂寞的身体里，抽出一根新芽，那是它为自己下个世纪的生命所做的延续。

十月的傍晚

　　假期已结束，伴着第一拨泛黄的树叶，孩子们回到了学堂。孤独。屋顶上太阳的光芒也如落叶般飘零，显得空空荡荡。叫喊声和欢笑声似乎变成了往昔的幻觉……

　　蔷薇丛中尚有几朵未枯萎的花，夜在花朵之上徐徐坠落。夕阳的光焰点亮了最后几枝玫瑰，园中弥漫着炙烤鲜花的馥郁，香气宛如芬芳的火苗，朝着落日，向上升腾。寂静。

　　小银同我一样无所事事，不知做什么才好。它一点点向我走来，起先迟疑了一下，随后放开胆子，迈着沉重而干脆的步伐，跟我一起走进了家门……

安东尼娅

小溪漫涨，淹没了岸边淡雅的黄百合，花瓣片片凋零，为奔流的溪水献上它的美丽。

安东尼娅身穿礼拜日的盛装是要上哪儿去？我们之前放在淤泥里垫脚的石块已然塌陷。她只得沿着岸边往上走，走到杨树林，试图从那里过河……却也不行……于是，我便欣然提出要把小银借给她。

安东尼娅烟灰色的双眸周围，长着星星点点的雀斑，显得单纯可爱。听到这话，她的面颊上害羞得泛起红晕。只见，她转过身去，对着杨树忽然莞尔一笑，决定接受我的好意。她将自己那条粉红色的轻纱手帕掷到草地上，小跑了几步，轻盈地一跃而起，跨上小银的背，两条结实的小腿搭在小银肚子的两侧，成熟而丰腴，布袜上红红白白的波点被撑得圆鼓鼓。

小银先是迟疑了一下，而后放心地纵身一跃，转眼就到了河对岸。安东尼娅的脸还红着，现在，我们之间已有了一条小溪的距离。她用脚后跟踢了小银几下，我的傻驴子便蹦蹦跳跳地往田野里奔去，安东尼娅摇摇晃晃地坐在上面，留给我一阵如金似银的欢笑声。

空气中弥漫着百合、流水和爱情的气息。莎士比亚借克丽奥佩托拉之口说出的那句诗，宛如一顶带刺的玫瑰花冠，将我的沉思编织其中：

噢，幸福的马儿，能把安东尼驮在身上！①

"小银！"我终究没忍住，还是对它喊了起来，既暴躁又心急，连声音都走了调……

---

① 取自莎士比亚戏剧《安东尼和克丽奥佩托拉》第一章：第五幕。

被遗忘的葡萄

十月漫长的大雨过后，碧空如洗，阳光普照，我们所有人一起去了葡萄园。小银一侧的褡裢里驮着午餐和女孩儿们的草帽，另一侧为平衡重量，则驮着那甜美如花、白里透红的小布兰卡。

田野里好一派雨后的新景致！溪水丰沛，轻柔地爬上两岸，在泥土里分了岔；岸边的杨树叶镶着金边；还能看到鸟儿们乌黑的身影。

突然，女孩儿们一个接一个地跑起来，大叫着：

"有一串葡萄！有一串葡萄！"

果然，几片红里透黑的枯叶尚存于千缠万绕的长长葡萄藤里，在其中一根葡萄秧上，炙热的阳光点亮了小小一串明亮而饱满的琥珀，它如此光彩夺目，宛如秋日的佳人。所有人都想拥有它。维多利亚率先将它摘下，藏在身后，不让人拿。可当我找她要时，她却一如情窦初开的少女，不善拒绝异性的请求，心甘情愿向我递来。

那是五颗硕大的葡萄。我将一颗分给了维多利亚，一颗分给了布兰卡，一颗分给了洛拉，另一颗分给了佩帕①，在孩子们齐齐的欢笑和掌声中，我把最后一颗分给了小银，这个家伙，用它的大牙齿一下就把葡萄给叼走了。

---

① 均为作者的侄女。

海军上将

　　小银，你不认识它。在你来之前，就有人把它带走了。是它教会了我何为高贵。你看，牲口槽上写着它名字的那块木板还未被摘下，它的小椅子、马嚼子和缰绳也都还在。

　　它第一次走进马棚的那天我多开心啊！它从海边而来，为我带来了无穷的力量、生机与快乐。它多么帅气！每天清晨，我都会骑着它散步，沿河岸向下，到沼泽地里疾驰，吓得在废弃风车边转悠的乌鸦群一哄而散。随后，它便会走上公路，迈着短促而坚实的步伐，向新街走去。

　　那是冬天的一个下午，圣胡安酒窖的杜邦先生手持马鞭来到我家。他在客厅的烛台边留下了几张钞票，就跟劳洛去了马棚。再后来，天黑了，我只记得看到杜邦先生把海军上将拴在马车上，从我窗口走过，在雨中沿新街向上走去，仿佛梦中的场景。

　　我不知因为这件事难受了多少天，只记得后来医生来了，给我开了安定剂、麻醉剂，还有些别的药物。直到有一天，小银，时间会抚平一些伤口，我会把海军上将从我的脑海中抹去，就像抹去罗德和小女孩儿^①一样。

是啊，小银。要是海军上将还在，你一定会和它成为很好的朋友！

---

① 见前文章节"罗德"和"小女孩儿"。

插 画

　　小银，黑褐色的耕地是刚犁好的，犁沟松软潮湿，种子在里面重新长出了绿芽。天光渐短，长日将尽，夕阳洒下缕缕黄金，伸手可及。畏寒的鸟儿成群结队地飞往了南方。阵阵寒风为枝条褪去了最后几片黄叶。

　　小银，这是一个诱使我们审视灵魂的季节。现在，我们多了一个朋友———一本精挑细选、高贵优雅的书籍①。在这打开的书页里，田野的风貌毫无保留地展示在我们眼前，赤裸裸地滋养着我无限、长久且孤独的沉思。

　　小银，你看，不久前，这棵树还苍翠欲滴，树叶簌簌作响，我们借它的阴凉午睡。现在，它是如此孤单、如此瘦小、如此干枯，只剩一只黑色的小鸟相伴于叶间，在落日下的凄凉黄昏中，留下一片惆怅的剪影。

---

① 很有可能是作者自己的书籍，或者是《小毛驴与我》这本书的第一版。

鱼　鳞

　　小银，从磨坊街望去，莫格尔又是另外一座城了。那条街是水手区开始的地方，人们讲起话来完全不一样，表达生动形象、栩栩如生，还夹杂着航海术语。那儿的男人穿着更加体面，腰上别着分量十足的铁链，抽上好的雪茄和长长的烟斗。他们跟种田人可真是千差万别啊！那就好比拉波索和你认识的皮贡吧：前者来自农田，后者来自海边；一个单纯质朴、枯瘦如柴，另一个金发黑肤、开朗健谈。

　　小石榴是圣弗朗西斯科教堂司事的女儿，她就来自水手区的珊瑚街。有时，他们会到我家拜访，小石榴总能在厨房里舌灿莲花、绘声绘色，家里的女佣个个听得目瞪口呆。她讲起在加迪斯、塔里法[①]和岛屿上发生的故事：什么烟草走私啊，英国布料呀，真丝长袜啊，金银财宝呀……后来，她便踩着高跟鞋，腰缠黑纱巾，一扭一扭地走了出去，尽显妩媚轻盈……女佣们则留在厨房中，继续谈论着刚刚那些五光十

---

① 加迪斯和塔里法是安达卢西亚的两个海滨城市。

色的故事。

　　一天，我看到蒙特马约尔用手捂住左眼，在阳光下观察一片鱼鳞……我问她在做什么，她回答说，鱼鳞映在彩虹下，可以显现出卡门圣母身披刺绣彩缎的身影，她可是水手们的守护神，那可不，这可是小石榴告诉她的……

皮尼托

　　"喂！……那个人！……比皮尼托还要傻！……"

　　我都快忘了皮尼托是谁了。此时，小银，冬日的暖阳把红土墙晒成一团光艳炙热的火，那个小男孩儿的声音蓦地将皮尼托的身影带到了我的眼前，他在我的记忆中走来，载着黑黑的葡萄藤，徐徐走上山坡。哦，可怜的皮尼托。

　　他于我的回忆里闪现又消失，无法捕捉。有那么一瞬间，我看到了他干瘦黝黑、轻盈矫健的剪影，那丑陋污浊的容貌，仍难掩英俊；然而，我越用力地想记起他，他便越努力地逃离，不让我捉到，仿佛一个清晨的梦，让我不禁怀疑刚刚想起的，到底是不是他……或许，那个下雨的清晨里，赤身裸体跑到新街，被孩子们用石子砸的男人是他；又或许，那个踏着冬日的晚霞，低着头艰难地走在老墓园青石板上的是他；再或许，那个住在免费的山洞里，与死狗、成堆的垃圾和外乡流浪汉同眠的也是他。

　　"比皮尼托还要傻！……那个人！……"

　　小银，我拿什么才能换取跟皮尼托说一次话的机会呢？

玛卡莉亚说，那个可怜的人在科利亚家喝得酩酊大醉，出门后便掉进了城堡旁的阴沟里，死了。而这件事已经过去了很多年，那时，我还是个孩子，小银，就像你现在一样。不过，他真的是个傻子吗？他会是什么样的人呢？

　　小银，他已经死了，我却不认识他，可那个小男孩儿的妈妈一定认识，因为你听，他说，我比皮尼托还要傻。

河 流

　　小银，你瞧，那些歹毒的心肠在河流里开了矿。污渍斑斑的河水在黄紫色的淤泥间流淌，艰难地穿透夕阳的光；河道肮脏，只够玩具船徜徉，多么凄凉！

　　从前，运载红酒的大船都从这条河上启航，单桅帆、双桅帆、三角帆，包罗万象；"野狼号"、"少女号"、父亲的"圣卡耶塔诺号"、叔叔的"星光号"……一根根桅杆直指天际，碰撞在圣胡安的苍穹之上，把孩子们震慑得够呛！船只载着一桶桶红酒开往马拉加、加迪斯、直布罗陀，重得仿佛马上就要沉没一样……渔夫的小艇穿梭其间，掀起阵阵波浪，船身还涂着各色的船名，绿的、蓝的、白的，还有红黄。他们载着捕捞的海鲜来到镇上：沙丁鱼、牡蛎、海鳗、鳎目鱼、螃蟹……如今，清河里的铜矿毒害了一切。那里的海货，小银，富人吃了恶心，穷人才勉强下咽……然而，不管是三角帆，还是双桅帆，抑或是单桅帆，都已踪影全无。

　　好不凄凉！连神明也再看不见河水的高涨。剩下的只有一缕死尸的血流，死的是一个衣衫褴褛、干枯瘦弱的乞丐，血流得无精打采，铁锈般的红宛如映照在"星光号"之上的残阳。那艘船已散了架，躺在河边，污黑腐朽，破损的船骨像极了一根鱼刺。士兵的孩子们在这艘废弃的船上玩耍，苦闷却在我的心头挥之不去。

石　榴

　　小银，这颗石榴真好看！是阿格迪娅在蒙哈斯村小溪边的石榴树上精心挑选出来寄给我的。一看到它，我就感受到了滋养它的流水之清凉，这种体验还是头一遭。果肉的鲜美呼之欲出，就要撑破石榴皮了，要不，咱们把它吃了吧？

　　小银，石榴皮硬邦邦的，如根须嵌实大地般牢牢地裹住里面的石榴籽，一口咬上去，令人愉快的苦涩充盈味蕾。随后，便是第一口甘甜，这甜美的滋味来自与表皮紧紧相依的晶莹果粒，仿佛一片红宝石般的朝霞。现在，咬一口石榴中心的果核吧，它们被包裹在一层紫红色的薄纱中，紧实多汁，好似可食用的紫水晶，又好似一位叫不上名来的年轻女王的心灵。小银，多饱满的果肉啊！来，吃吧！美味极了！连牙齿都在这幸福的红色滋味里惬意得意乱神迷！等一等，我现在说不了话。这种感觉就好像是，眼睛迷失在万花筒的绚烂色彩里。好了，我们吃完了。

　　小银，我家已经没有石榴树了。可惜你没见过鲜花街酒厂院子里的那些石榴树。我们以前总到那儿去……从倒塌的土墙望去，可以望见珊瑚街上家家户户的庭院，各有各的魅力，还能瞥见田野与河流，听见侦察兵的小号、从锻铁铺传来的敲敲打打……那是一种全新的发现，一个不属于我的、诗意盎然的地方。夕阳西沉，晚霞映照下的石榴树宛如金光闪闪的奇珍异宝，在它旁边，霞光穿透爬满壁虎的无花果树，搅乱了树荫里一口水井的清凉。

石榴啊，你是莫格尔的水果，是它城徽之上最好的装饰！你毫无保留地用自己的美迎接落日胭红的余晖！你来自蒙哈斯的果园、梨树旁的山谷；你长久地矗立于溪流边的绯红苍穹之下，亦存在于我的遐思里，直至黑夜来临。

旧墓园

小银，我想你跟我一起进去，所以才将你混入拉砖的驴群里，不让掘墓人发现你。现在，我们的周遭一片静寂……走吧……

你瞧：这里是圣何塞园，那个阴凉清爽、绿意昂扬的角落，是牧师的墓地……石灰墙那儿是孩子的墓地，每天下午三点，小院西墙都会和震颤的阳光融为一体……继续走吧……这里葬着海军上将……这里葬着贝妮塔老师……这个坑里埋的是穷人，小银……

麻雀们在柏树间飞来飞去，多快乐呀！鼠尾草那儿有一只戴胜鸟，在壁龛里筑了巢……掘墓人的孩子们正吃着猪油面包，你看他们嚼得多开心哪……小银，两只洁白的蝴蝶飞了过去……

这座小园是新建的……等等……你听见了吗？是铃铛声……哦对了，那是下午三点的车，正开往车站方向……这几棵松树是从风车那儿移来的……这里是露特嘉尔达女士……这里是船长……这里是小阿尔弗雷德·拉莫斯，还记得当年是我、哥哥、佩佩·萨恩斯和安东尼奥·里韦罗一起，在一个春日的午后，将他小小的白色棺材抬进来的……别出声！……从清河开来的火车正在桥上驶过……咱们继续……这里是可怜的卡门，得了痨病，走的时候还那么漂亮，小银……看那朵阳光下的玫瑰……这里埋葬着小女孩儿，那朵再也无法睁开双眼的晚香玉……

还有这里，小银，这里葬的是我的父亲……

小银……

利皮亚尼

小银，往边儿上靠靠，让学生们先过去。

你知道的，今天是星期四，郊游的日子。利皮尼亚有时会带同学们去古堡，有时会去万忧桥，还有时会去小池塘。今天他心情不错，带着孩子们来到了修道院。

我有时会想，如果你跟着利皮尼亚，或许会被他去除"人性"，就像咱们镇长说过，孩子们应该去除"驴性"，也就是让他们明事理的意思。可我转念一想，你跟着他恐怕会饿肚子，因为可怜的利皮尼亚总是以"蓝天之下皆亲人"做托词，或者随便编一些借口，让孩子们心甘情愿地把自己的午餐分给他。每个去郊游的下午，他都故技重施，这样一来，他一个人就能吃到十三份午餐啦。

你瞧，孩子们多开心呀！在十月炙热而欢快的午后，他们仿佛一颗颗跳动的心脏，红通通、脏兮兮、活生生，透着青春的力量。利皮亚尼裹在棕色的格子上衣里，那件衣服还是博里亚的呢，他扭动着肥硕的身躯，一想到待会儿松树下的美餐，就止不住地咧嘴笑着，花白的大胡子都藏不住他的笑容了……他走过的田野在颤动，如同金色塔楼上的大钟，钟已敲完，钟声仍在震颤；仿佛一只巨大的青蜂，嗡鸣在小镇上空。

城　堡

　　小银，今天下午的天空如此美丽，闪着秋日金属般的光泽，宛如一把纯金锻造的宝剑！我爱到这儿来，爱立于孤山之上欣赏落日，只因没人会来打搅我们，我们也不会叨扰任何人……

　　山下有一栋蓝白相间的房子，孤零零地隐藏在酒窖和野草丛生的围墙里，不像有人居住的样子。这片田野是科利亚母女夜晚幽会的地方，这两个清白的女人总裹着一袭黑色衣裳。皮尼托就死在旁边的这条阴沟里，两天后才被人发现。炮兵曾在这里架过大炮。你知道伊格纳西奥吧，他就是通过这条路走私酒水的，牛群从万忧街出来，也会途经这里。可这一带却看不见小孩子。

　　瞧，那片通红葡萄园、那座砖窑和尽头那条紫红色的小河，从阴沟的拱桥望去尽显衰颓。瞧，那片海边的沼泽，那轮落日，硕大而殷红，有如神祇，万物皆为之沉醉。它缓缓地掉落于韦尔瓦城身后的海平线，坠入世界，为其献上的绝对寂静，这世界便是莫格尔、田野、你和我、小银。

斗牛场

　　小银，有关老斗牛场的记忆再次划过我的脑海，好似一缕捉不住的光。某天下午，它被一场大火烧没了，是哪天下午，我并不晓得……

　　我甚至不知道斗牛场里面是什么样子……只在印象里有这么一个画面：一头黑色的公牛把几只塌鼻子的小灰狗抛到空中，仿佛它们是实心橡胶做的玩具狗一般……这是我亲眼所见，还是从小马诺洛·弗洛雷斯送给我的巧克力画片中看到的呢？我记得那是一个正圆形的广场，圆得有点孤单，野草生得老高……我记得我只见过它外面的样子，更准确地说，是从上往下看，不属于广场的那个部分……那里空无一人……我记得我曾在它的松木看台上一圈儿又一圈儿地向高处跑着，幻想自己置身于一个宏伟壮观的斗牛场里，一个真正的斗牛场，就像画片中的一样。我还记得，在一个绵绵细雨的薄暮时分，远方那片黛青色的景致永远地走入了我的心灵：乌云下的那片寒冷黑暗、地平线上松林的剪影，还有海面上清透泛白的天光……

没有别的记忆了……我在那里待了多久？是谁将我带出来的？那是什么时候发生的事情？我不知道，也没有人告诉过我，小银……然而，每当我提及这个斗牛场时，所有人都会回答我：

"没错，那是城堡边的斗牛场，已经烧没了……大火以前，斗牛士们还会经常光顾莫格尔呢……"

回　声

　　这个地方总有人来，可依旧显得如此寂寥。狩猎归来的猎人会拖着长长的步子经过，登上土墙，眺望远方的风光。听说，强盗帕拉莱斯在这一带为非作歹时，也曾在这里过夜……初生的旭日把岩石照得通红，璀璨的月光将迷途的羔羊缩成一片剪影。草原上的水塘东一块、西一块地捕捉着天空中的金黄、黛绿与玫红。原本只在八月才干涸的水塘，现在已经快被孩子们打青蛙、溅水花扔下的石子给填满了。

　　我让小银在转弯处停下，一棵黑压压的角豆树挡住了草场的入口，满树干枯的豆荚，好似把把弯刀。我将双手拢在嘴边，对着岩石呼喊："小银！"

　　岩石生硬的回声，因近旁的池水变得稍许柔和，应道："小银！"

　　小银立马回过头来，耸起脑袋，身体猛地摇晃了一下，做出要逃跑的姿势。

　　"小银！"我再次朝岩石喊道。

　　岩石也再次回应了我："小银！"

小银看看我，又看看岩石，兜起嘴唇，仰天嘶鸣。

岩石呢，以一种悠长而干涩的回声，同它一齐叫了起来，尾声拖得更久。

小银又叫了一声。

岩石也叫了一声。

此时，小银的脸色一下子阴沉起来，开始粗鲁地跺脚转圈儿、执拗地用头撞击地面，我知道它想把我扔下，独自逃离。于是，我柔声细语、连哄带骗地把它带去了仙人掌地，直至叫声没了回应，它才渐渐平复了心情。

惊 吓

　　孩子们用餐的时间到了。吊灯将温柔梦幻的粉红光线洒在绘着雪花图案的桌布上面，桌上绯红的天竺葵和鲜红的苹果照亮了孩子们天真的面容，给此时这份诗意的安静增添了些许欢快之感。女孩儿们像淑女一样用餐，男孩儿们像绅士一般交谈。他们的妈妈①是一位年轻的金发美人，正坐在桌边，一面露出雪白的酥胸给小婴儿喂奶，一面含笑望向孩子们。窗外的夜星辰闪烁、月朗风清。

　　突然，布兰卡如同一条闪电，飞快地躲进了母亲的怀抱。所有人都吓得说不出话来，接着，便是一阵剧烈的骚动。随着一把把椅子倾倒的声音，其他人也慌忙躲到了母亲身后，惊恐地望向窗外。

　　原来是小银这个傻瓜！它把自己的大白脑袋抵在玻璃窗上，影子映进屋里，被灯光和孩子们的恐惧幻化成了一

---

① 这里描写的是作者的姐姐维多利亚。

个巨大的怪物。可是啊，可怜的小银唯一想做的，其实只是静静地凝视这间甜蜜的餐厅而已。

古　泉

松木常青，古泉洁白；朝霞粉靛，古泉洁白；午后天光时金时紫，古泉洁白不改；夜空黛绿青蓝，古泉依旧洁白。小银，你曾见我无数次驻足于此、不忍离去。古泉宛如一块石碑、一座坟墓，汇集了世界上所有的挽歌，抑或说，容纳了世间一切真实的生活之感。

我在泉水里见过帕特农神庙、金字塔和世上所有的大教堂。那里的喷泉、陵墓、门廊之美亘古不变，让我夜不成眠。每一次辗转，古泉的画面都会与那些壮美之景交替出现。

古泉是我通往一切的起点，而我，最终总是会回到它的身边。它就这样待在原地，一动不动，和谐典雅，直至永远。它周遭的色彩和光线如此完整，掬一捧泉水，好似掬起一注生命的清流。勃克林①的希腊风光画里有它；路易

---

① 阿诺德·勃克林（1827—1901）是瑞士象征主义画家，常把神话题材绘于自然风光中。

斯修士①的翻译作品里有它；贝多芬用喜悦的泪水灌注它；米开朗琪罗将它传授给了罗丹②。

它是摇篮，也是婚礼；它是歌曲，也是诗篇；它是现实、是喜悦、是死亡。

今夜，小银，古泉将会死去，仿佛一具大理石的身躯，长眠于暗夜那苍白的绿意里；它死了，却把永恒的泉水注进了我的灵魂。

---

① 路易斯·德·莱昂（1527—1591）是西班牙诗人和翻译家。

② 奥古斯特·罗丹（1840—1917）是法国雕塑家。

路

　　小银，昨晚秋风扫尽了落叶。树木好似倒立般，树冠扎进泥土，树根直指云霄，想把自己种到天上去。瞧那棵白杨啊，它像不像露西亚，那个在马戏团耍杂技的小姑娘？她会将一头如火的秀发泼洒在地毯上，并拢着高举柔美纤细的双腿，灰色的长袜让它们更显修长。

　　现在，小银，鸟儿们可以在光秃秃的枝丫上看到被金黄落叶包围的我们了，就像春天时，我们可以看到栖身于青翠树叶间的它们一般。那时，树叶还会婆娑唱起轻柔的歌曲，可现在，却成了地面上干枯冗长的经文！

　　小银，你看见了吧？整片田野都覆盖着枯叶。可是，到了下周日，我们再来这里的时候，你就一片落叶都不会看到了。我不知道它们将在哪里死去。在春日的爱意里，鸟儿们兴许已经向它们吐露了这场美丽而隐蔽的死亡的奥秘，而这种逝去的方式，是你和我都不会拥有的，小银……

松　子

卖松子的小姑娘从新街踏着阳光而来。松子有生的，也有烤熟的。我要向她买一铜板的烤松子给咱们俩吃，你说好不好，小银。

十一月将冬天和夏天重叠在了一起，时而金黄，时而湛蓝。阳光火辣辣的，晒得人血脉偾张、又圆又青，好似一条条水蛭。街道洁白干净、一片安宁，你瞧，拉曼查①来的布商走过去了，肩扛灰色的行囊；卢塞纳来的五金货郎走过去了，满身金光，铜器叮当作响，连日光也随之闪烁……接着，便是从阿雷纳来的小姑娘，小小的身板被大大的篮筐压得直不起腰，她紧贴墙壁，缓缓走着，边走边用木炭在墙壁上拉出一条长长的黑线。只听得，她悠长而深情地吆喝道："烤松子哟——！"

一对恋人站在门口吃着松子，笑容灿烂如火，互相挑出最好的松仁喂给对方。去上学的孩子们走走停停，每到一个

---

① 拉曼查是西班牙的一个城市，位于西班牙中部地区。

门槛就耽搁一会儿，趁机用石头把松子砸开……记得小时候，我们常常在冬日的午后到小溪旁的橙园去。那时，我们总会用手帕包上满满一包的烤松子。可最令我兴奋的不是吃松子，而是用我的小折刀把它们一一撬开。那可是一把珍珠刀把的鱼形小刀呢，两只红宝石的眼珠镶嵌其中，可以瞥见埃菲尔铁塔的影儿……

小银，松子的滋味在口中真是回味无穷呀！它是活力与乐观的源泉！它会让你找到严寒里置身于阳光下的安全感；它会让你化身为一座不朽的雕像；它会让你走起路来气宇轩昂；它会让你感受不到冬衣的重量；小银，它甚至还会让你斗胆跟莱昂或是跟车间的伙计曼基多掰手腕较量较量呢……

出逃的公牛

　　我和小银走到橙园时，天还没有大亮，峡谷被松叶菊上的霜花映得一片白茫茫。太阳尚未给清透的天空洒上灿烂的金光，金雀花却早已绽放在簇簇灌木丛之上……山谷中时不时传来一阵轻柔的喧闹，我抬头仰望，是归巢的椋鸟，它们排着长长的队伍，不住地变换着优雅的阵形……

　　我拍了拍手……听到了回声……曼努埃尔！……没人答应……突然，一阵急促、浑厚、巨大的声音响起……我的心脏狂跳，胸中顿然升起不祥之感，便赶忙拉着小银，躲到了一棵无花果树的后面……

　　没错，它过来了，一头红色的公牛，摇身变成清晨的主人，哞哞叫着，东闻闻、西嗅嗅，所到之处一片狼藉。它在山丘上停留了一会儿，发出了一声短促而可怕的叹息，霎时充满整个山谷，直达天际。成群的椋鸟却不曾惊恐，兀自在玫瑰色的天空中飞着，与我剧烈的心跳声相比，它们嘈杂的叫声已不值一提。

　　此时的太阳仿佛一枚大铜板，在这阵骚动中探出了头。

公牛穿过一片龙舌兰，走到井边，先是饮了一会儿水，之后便以勇士般的骄傲、以比原野更加雄浑的气势，往山上走去，牛角上还挂着几根葡萄藤，最终消失在了我如饥似渴追随它的目光中，此时，令人目眩神迷的朝霞已是一片耀眼的金黄了。

冬月牧歌

傍晚，小银归来了，柔软的背脊上满载烧火用的松枝，身体快要被这片垂坠的绿意掩埋。它的脚步轻盈而协调，好似马戏团里走钢索的少女，却不失优美和俏皮……看上去不像是在走路。它竖起耳朵的样子，谁看了都会觉得是一只背着壳的大蜗牛呢。

这些绿枝也曾高高挺立，接纳过阳光、金雀、微风、月色，甚至骇人的乌鸦也一度在它们身侧栖息，小银。如今，它们都飘零了，折断在黄昏小径上的白色尘埃里。

清冷、甜蜜的紫红笼罩大地，为万物蒙上一圈光晕。负重的驴子走在腊月将至的田野上，一如往年，它那温柔的谦卑，多了一番神圣的意义……

白　马

　　我很难过，小银……事情是这样的：刚刚路过鲜花街的时候，在双胞胎被闪电夺去生命的地方，我看到了聋子的那匹白色母马的尸体。几个衣不遮体的小女孩儿一声不吭地围着它看。

　　裁缝普丽塔打那儿经过，告诉我说，聋子实在受不了再养着那匹马了，今早把它牵到了坟场，本想由着它自生自灭。你知道的，那匹母马已经跟胡里安先生一样老了，又蠢又笨，既看不见，也听不见，走起路来步履蹒跚……可是大约到了中午，它竟又出现在主人的家门口。聋子气急败坏，抓起一根藤条就要打它，赶它走，它却一动不动。聋子又用镰刀扎它，搞得人们都来围观。在咒骂声和取笑声中，母马一瘸一拐、磕磕绊绊地逃走了。孩子们跟在后面大喊大叫，还用石头砸它……最终，它体力不支，倒地不起，人们便就地结束了它的生命。有人发出一声怜悯的叫喊："让它安静地死吧！"似乎这话是从咱俩口中蹦出来的一样，然而，话飘到空中，便宛如一只蝴蝶被疾风卷走。

我见到它时，那些石头还在，而它已如岩石般冰冷。它圆睁着一只眼睛，活着的时候看不见，现在死了，却仿佛能够洞察一切。昏暗的街道上，唯有它身上的白还在发光，傍晚的夜空寒冷而高远，布满玫瑰色的薄云……

闹洞房

说真的，小银，这个小摆件还挺有趣：身穿粉白衣裳的卡米拉女士正拿着挂图和教鞭，给一只小猪崽上课；她身边的萨塔纳斯一手抓着空酒囊，另一只手伸进她的围裙里掏钱袋。这几个小人儿应该是"小鸡"佩佩和"女佣"孔查做的，因为我记得为了做这组摆件，他们那会儿还特意从我家拾了几件旧衣服。走在前面的是"摄影师"佩皮托，他穿着神父的衣服，手拿旗帜，骑在一头小黑驴上。跟在后面的是从四面八方闻讯赶来的孩子们，恩梅迪奥街的、泉水街的、车厂区的、小广场上的，甚至佩德罗·特略叔叔家住的那条小巷里的，他们有的拿着铁罐，有的拿着铃铛，还有的拿着锅碗瓢盆一通敲打，在这个花好月圆之夜，演奏出一曲动听的打击乐。

你知道的，卡米拉女士已年过六十，守了三次寡；而萨塔纳斯也是鳏夫，有幸在整整七十个葡萄丰收季畅饮葡萄酒。今晚，该去他们家窗户下偷听，他俩准会讲一些扑朔迷离的浪漫往事呢！

小银，洞房要闹上三天。之后，邻居家的太太们会去广场的祭坛上取走属于她们的伴手礼。醉汉们会在点亮的神像前手舞足蹈。孩子们还会再闹几个晚上。最终留下的，仅有一轮满月以及一段浪漫的故事……

吉卜赛人

你瞧，小银，她走过来了，在青铜色的阳光下，昂首挺胸、婀娜多姿，对谁都熟视无睹……她在冬日里也身着一袭点缀着白色波点的淡蓝长裙，腰间系一条黄丝巾，苗条的身形里透着往昔的美丽。她要去市政厅开一张许可证，打算像往常一样，在墓园后面扎营。你记得吉卜赛人破破烂烂的营地吧？有篝火，有打扮得花枝招展的女人，还有奄奄一息、行将就木的驴子，在营地周围啃噬着死亡。

驴子！小银！一感到吉卜赛人①的接近，弗利塞塔的那些驴子们就吓得发抖！对于小银我倒是不担心，因为吉卜赛人要跨越半个村子才能到达它的厩棚，而且，看守伦赫尔对我和小银都很好，他决不会允许他们把它偷走。不过，我打算吓唬它一下，就用尖厉、恐怖的声音对它说道："进去！小银！快进去！我要锁门了！他们来抓你了！"

---

① 在西班牙，吉卜赛人以偷盗著称，名声不好。

小银确信栅门里是安全的，踏着小碎步走进了厕棚。铁门在它身后"啪"一关，吓得它一跃而起，连蹦带跳地从大理石的院子跑进花园，又箭也似的从花园蹿进了畜栏，把开着小蓝花的藤蔓踩得一塌糊涂。这个小笨蛋呀！

火

　　靠近点儿，小银，来……在这里不必拘礼。这家主人就爱你贴着他呢，因为他把你当作朋友。他的小狗也喜欢你。我对你的感情，就更不用说了！……橙园里一定冷得够呛吧！因为拉波索已经怨声载道了："求老天爷发发慈悲，今晚可别给我冻坏太多橙子了！"

　　小银，你不喜欢火吗？我觉得火焰甚至美过女人。要拥有何种秀发、何种纤臂、何种美腿，才能与这赤裸裸的火红之物相媲美？火焰或许是大自然最好的体现。紧闭的房门把孤单的夜关在了外面，小银，而我们，坐在这扇通往漫天星河的窗前，却比置身于原野之上更加接近大自然！火是房间里的宇宙，明艳动人、连绵不绝，一如伤口里渗出的鲜血，承载着血液全部的记忆，以热温暖我们、以铁滋补我们。

　　小银，火焰真美！你瞧，小狗阿里靠在火边，睁大眼睛，目光炯炯地凝视着火苗，都快要把自己烧着了。它多么惬意！四周，金黄的明暗之舞将你我包围。房子也开始舞动起来，忽大忽小，宛如俄国人的舞姿。火光之下，浮现出千万种形象：鸟儿与枝丫、雄狮与流水、高山与玫瑰。你瞧，不知不觉中，连我们也翩翩起舞，跃身于墙壁上、地板上、屋顶上。

多么疯狂！多么迷人！多么壮丽！在这里，小银，爱情与死亡也趋于相像。

休 养

这几日我身体不适，只得卧床休养。养病的房间里铺着地毯和毛毡，昏黄的光线倾泻其中，显得格外柔软。我似乎听到了驴群和孩子们走过入夜的街巷：驴子们卸下包袱，由田野归家，孩子们一边玩耍，一边叫喊，仿佛我正置身于一场夜露弥漫、繁星满天的梦境。

我能想象出驴子们黢黑的大脑袋、孩子们童稚的小脸，伴随着驴叫，小人儿们用清脆的嗓音唱起一首首歌谣。村子一整个儿地被包裹在了烤板栗的烟云里、厩棚上的蒸汽里和家家户户一片祥和的炊烟里……

我的灵魂宛若一股激流，由吾心暗处的峥石中喷涌而出，湛蓝、充沛，最终得以净化。今夜注定是一个救赎之夜！此情此景只存在于这亲密无间、温寒相知、无限光明的时分！

钟声犹在天上捣碎着星河。小银也被这气氛感染，在它的厩棚中不停叫唤。夜空如此之近，却如此之远……我既虚弱又孤单，伤心地哭了起来，如浮士德^①一般……

---

① 歌德戏剧作品中的人物，浮士德将自己的灵魂出卖给了恶魔。

老 驴

……它终究行得倦了，

迷失在自己的脚步中……

（洛斯维雷斯司令的灰马）

——选自《民谣集》

我无法离开这里，小银。是谁把这头可怜的驴子丢在这儿，让其自生自灭的？

它兴许是从屠宰场里逃出来的。我觉得它既听不见，也看不见我们。其实，你今早就见过它了，也是在这个墙根儿，骄阳穿透白云，炙烤在它干瘪的身躯之上，臭肉来蝇，显得凄惨又忧伤，与这妙不可言的冬日之美毫不相衬。它的四条腿全都瘸了，不知所措地转了一圈儿，又转回原地。它此时的站姿与今早并无差异，不过是自西向东，换了个方向而已。

小银啊，这便是迟暮之年的羁绊！正如你这位可怜的朋友，虽拥有自由的意志，却丧失了自由的能力，即使春天向它迎面走来，它也只好不为所动。还是说，它果真应了贝克尔[1]所言，虽站着，却已经死去？宛如孩童在傍晚的天空中描下的一个轮廓。

你瞧，他对我的推搡无动于衷……对我的呼唤置若罔闻……好似临终的痛苦已将它深植于地面……

小银，今夜北风呼啸，它就要冻死在这高墙之下了……我无法离开这里，我不知道该做什么才好，小银……

---

[1] 古斯塔沃·阿道夫·贝克尔（1836—1870）是西班牙浪漫主义诗人，有诗言："只因伤口涌不出鲜血，死亡直挺挺地站在那里。"

黎 明

　　冬日的清晨姗姗来迟，当机警的公鸡瞥见朝阳的第一丛玫瑰时，便百般殷勤地向它致意。此时的小银也睡够了，发出一声悠长的嘶鸣。它的叫声从远处传来，伴着湛蓝的天光穿过门缝，溜进我的卧室，令我感到甜蜜万分！我虽渴望白昼，却不起身，依旧赖在蓬松柔软的床上，思念着太阳。

　　我在想，如果可怜的小银遇到的不是我这个诗人，它的命运会怎样？要是它落在了卖煤汉的手里，估计天还没亮就要脚踏坚霜，赶在偏僻的小路上，去捡拾山里的松枝；要是它落在了衣衫褴褛的吉卜赛人手里，就会被涂上各种颜色，被喂食砒霜，还会为了防止耳朵下垂，双耳被夹子夹上。小银又叫了一声。它知道我在想它吗？知不知道又有什么关系呢？总之，在这个温柔的清晨，对小银的想念犹如黎明本身令我身心畅快。感谢一切，它的厩棚温暖柔软，犹如婴儿的摇篮；又温馨怡人，犹如我对它的想念。

小　花

——致我的母亲

　　母亲告诉我，外婆特蕾莎去世时，口中曾胡乱念叨着一串花儿的名字。不知怎的，小银，从儿时起，我便把这些花名和梦中五彩斑斓的小星星联系在了一起。我总觉得外婆呓语中的花儿是马鞭草，粉的、蓝的、紫的都有。

　　我常常透过庭院栅门的彩绘玻璃窗观察日月的颜色，它们时而深蓝，时而玫红，每当这时，外婆特蕾莎的身影也会浮现在我的眼前——她总是弯着腰，摆弄天蓝色的盆花，或是低头查看洁白的花圃。不论是艳阳高照的八月，还是阴雨连绵的九月，她都在那儿，背对着我，从不转过头来，只因我全然忘记了她的容颜。

　　小银，母亲告诉我，外婆临终时，口中不停地呼唤着一个谁都不认识的园丁。准是他，正牵着外婆的手，无比甜蜜地行走在开满马鞭草的小径上吧。记忆中的外婆沿着这条小径向我走来，在我的心中留下了最亲切和美好的样子，正如她常穿着的那条丝绸长裙，朵朵小花点缀其间。那些小花是坠落果园的香水草，是我儿时夜晚稍纵即逝的流星，更是我童年回忆的一段。

圣诞节

　　田野上燃起篝火！……平安夜的傍晚，昏暗的太阳有气无力地挂在阴冷的天空。万里无云，理应是湛湛蓝天，却阴沉灰暗，西边的天光中夹杂着一丝难以形容的黄晕……忽然，一阵尖厉的噼啪声进入耳中，绿色的枝条开始燃烧；而后，一柱浓烟滚滚升起，如雪貂般洁白；末了，火苗一跃而出，驱散了烟雾，仿佛一条条舌头，舔舐着入夜的空气。

　　哦，随风起舞的火焰啊！宛若五光十色的精灵，粉的、黄的、紫的、蓝的，钻入潜藏于低沉夜空的秘密中，继而不知去向，只留给寒夜阵阵炭火的气息！十二月的田野此时温暖如春！热情似火的冬日！温馨幸福的平安夜！

　　火焰融化了近边的蔷薇。田野在温热的空气中颤抖、净化，宛如一缕流动的水晶。穷苦的孩子们过不起圣诞，便来到篝火边，可怜兮兮地烤着冻僵的小手。他们把橡果和栗子丢入火中，啪的一声炸响。

　　他们很快高兴起来，在红通通的夜里，围着火堆蹦蹦跳跳，唱着圣诞儿歌：

"走吧，玛利亚，走吧，何塞……"

我将小银牵了过去，让它与孩子们打成一片。

里维拉街

　　小银，这栋大房子是我出生的地方，现在已经变成了民兵的营地。小时候，我多喜欢这里啊，尤其是那间穆德哈尔风格的简陋露台，装饰着五颜六色的玻璃星星，那是加菲亚先生的设计。小银，你来栅门这儿看，洁白、淡紫的丁香，还有蓝色的牵牛花依旧垂挂在庭院尽头的木栅栏上，那是我儿时最爱的风景，只不过，如今的栅栏已经年久发黑。

　　那时，小银，水手们常常在午后聚集于鲜花街的这处拐角，身穿深浅不一的蓝色水手服，道道条纹好似十月的田野。在我儿时的记忆里，他们个个高大魁梧，因常年待在海上，总喜欢把双腿叉得老开。从他们的双腿之间，我仿佛看到了底下的河流，波光粼粼的水面之上平行地分布着一条又一条干黄的泥带；一只小船缓行于迷人的支流；西边的天空一片紫红斑驳……后来，我的父亲把家搬去了新街，因为那些水手走在街上时手里总少不了小刀；因为每天晚上都有小孩儿打坏我们的门灯和门铃，还因为那个街角总是刮着老大的风……

从天台上可以望见海。我永远也忘不了那天晚上，所有人都跑到了天台上，颤抖又焦急地，看着海上那艘英国轮船熊熊燃烧起来……

冬 天

上帝正待在水晶宫里。我的意思是现在正在下雨，小银，下雨。孱弱的枝条顽固地牵绊着秋日的最后几株玫瑰，花朵上挂满了钻石。每颗钻石里都有一片天空、一座水晶宫、一个上帝。你瞧这朵玫瑰，正中心生出了另一朵水做的花儿，它在微风中轻轻颤抖，你看到了吗？那朵亮晶晶的水花坠落下来，一如它的灵魂；而花朵本身则变得萎谢而忧伤，一如我的灵魂。

雨水和阳光一样令人快乐。不然，怎么会有那么多的孩子在雨中光着脚尽情奔跑呢？他们一个个涨红了脸，幸福极了。还有那些麻雀，乱哄哄地结着大队，一个猛子扎进了常春藤里，正如你的兽医达尔旁形容的那样，小银，它们好像一股脑儿地钻进了学堂。

下雨了。今天我们不去田野，今天是欣赏雨景的日子：看屋檐雨槽里的水如何奔流；看金黄泛黑的合欢花如何沐浴；看孩子们的纸船如何从草地漂向水沟；看这稍纵即逝的微弱阳光；看那道美丽彩虹，从教堂跨到咱俩身边，随即消失，仅留下一团模糊的虹影。

驴 乳①

　　人们急匆匆地走在十二月寂静的清晨里，边走边咳。风把弥撒的钟声带去了小镇的另一边。七点钟的晨车开过，空无一人……我再次被铁窗栏杆的震颤声吵醒……难道瞎子又像往年一样，把他的母驴拴在铁栏杆上了？

　　卖奶的女人把奶罐抱在腹前，街上街下地来回奔跑，在寒风中叫卖着这白色的珍宝。瞎子从母驴身上挤出的奶，据说可以治愈风寒。

　　无疑，瞎子双目失明，故而看不到自己的母驴是如何日渐衰老、萎靡颓废的。它简直像他的眼睛一样不中用了……一天下午，我和小银走在牧道上，看见瞎子追着这头母驴，手拿棍棒，胡乱地抽打它。母驴奔逃着，双腿使不上劲儿，几乎是坐在那湿漉漉的草地上了。棍棒落在橙树上、水车上、空气中，力气再大也抵不过他的咒骂。要是他吐出的话幻化成砖石，准能把城堡的塔楼压垮……这头可怜的老家伙再也

---

① 传说驴乳可以治病，令人身强体壮。

不想受孕了，为了捍卫自己的命运，便一次次地把公驴的礼物倾洒在贫瘠的大地上，就像俄南 ① 那样……可是，为了维持潦倒的生活，瞎子偏要它站住不可，只为了得到那份小驴崽甘甜的母乳，打着良药的幌子，卖给老人，换取几个铜板，甚至仅仅落得一句承诺。

现在，母驴又被拴在窗前的铁栏杆上了，它挤出贫瘠的药乳，帮助那些烟鬼、痨病鬼和醉汉再撑过一个冬天……

---

① 《圣经》中的人物。俄南长兄死于天谴，根据希伯来的传统，为延续其血脉，俄南必须与寡嫂同房。得知此事后，俄南拒绝使其嫂怀孕。

纯净的夜

岁暮冬寒，繁星满天，洁白的屋顶天窗将深蓝色的怡人夜空裁剪开来。北风悄无声息，却凛冽刺骨地抚过大地。

人人都觉得冷，把自己关在房里。小银，只有你和我，慢慢地行走在洁净、无人的街道，你有你的皮毛和我的毯子，我带着我的灵魂，就够了。

一股力量引我升华，仿佛将我幻化成了一座银尖的粗石宝塔！瞧，那漫天的星斗！繁星璀璨迷人眼！天空好似孩童的世界，正向大地祈祷一份火红而完美的爱情。

一月的夜空高深孤寂、澄澈寒冷。小银！小银！我愿献出整个生命，但愿你也献出你的，来换取正月夜空的此番纯净。

欧芹皇冠

比比谁先到!

奖品是我昨晚收到的一本图画书,从维也纳寄来的。

"看谁先跑到紫罗兰那儿!……一——二——三!"

在一阵喧闹中,女孩儿们冲了出去,小脸儿被金黄的太阳晒得白里透红。霎时静籁,只听得,她们胸中的暗自较量之声划破晨光;小镇里钟楼的大钟缓缓滑动;蚊虫在开满百合的山中松林轻声吟唱;小溪在河道涓涓流淌……女孩儿们跑到了第一棵橙树旁,小银刚好在那儿闲逛,被她们的情绪感染,也加入了赛跑的行列。女孩儿们顾不得抗议,更顾不得欢笑,生怕输了比赛……

我对她们喊道:"小银要赢啦! 小银要赢啦!"

还真是,结果小银第一个跑到了紫罗兰花丛,一到那儿就趴在沙地上,打起滚儿来。

女孩们也停了下来,撸起裤腿,扎起头发,气喘吁吁地抗议道:

"不算! 不算! 哎呀! 不行! 那不算数!"

我对她们说，既然小银赢了比赛，理应得到一份奖品，但是它不识字，书就给她们留作下次赛跑的奖品，不过，我们应该给小银一些奖励。

女孩儿们保住了书，这下放心了，红着脸又跳又笑地喊道：

"对！对！对！"

于是，我想到了自己。我觉得小银的奖品应该匹配得上它所付出的努力，就像我从自己的诗句中获得东西一样。我从门房的抽屉里拿出几根欧芹，为它编成一顶皇冠，戴在头上。那是一种稍纵即逝、至高无上的荣耀，宛如献给斯巴达勇士的皇冠。

东方三王节①

　　小银，今夜是属于儿童的！孩子们个个都兴奋得无法入眠，只得期待困倦将他们一一征服了。瞧啊，他们终于是睡着了：这个倒在扶手椅上，那个躺在壁炉旁的地板上，布兰卡蜷缩在小凳子上，佩佩则趴在窗边，头死死顶住窗棂，生怕错过三王经过的场面……此刻，在这个远离人世喧嚣的时分，每个人都做着美梦，梦境宛如颗颗跳动的心脏，完整而健康、生动而魔幻。

　　晚餐前，我和孩子们一起上了天台。漆黑的台阶平时把他们吓得够呛，今晚却热闹非凡！"我一点儿也不害怕，佩佩，你呢？"布兰卡说着，紧紧攥住了我的手。随后，我们所有人都把鞋子放在了天台上的香橼旁。现在，小银，该大

---

① 东方三王节即每年1月6日庆祝的西班牙儿童节。据《马太福音》中记载，耶稣降生时，从东方来了三个国王，为其献上黄金、乳香和没药。他们是梅尔乔、加斯帕尔和巴尔塔萨。按照西班牙的传统，三王会骑着骆驼在1月5日晚来到家家户户，把礼物放在孩子们的鞋子里，不听话的小孩儿则会收到一块煤炭。

人们扮上了，蒙特马约尔、小姨、玛丽亚·特蕾莎、洛莉亚、佩里克、你和我，咱们披上床单褥子，再戴一顶旧帽子，十二点一到，就从孩子们的窗前经过。对，就这么亮相，排着队、打着灯、吹着喇叭、敲着鼓，顺便奏响那只大海螺。你跟我走在最前面，我会戴上粗麻编的大胡子，扮成加斯帕尔国王，你呢，就把哥伦比亚的国旗围在胸前，那还是我当领事的叔叔带来的呢……到时候，孩子们会突然惊醒，衣冠不整、睡眼蒙眬地望向窗外，既震惊又好奇。可是不久，他们便会再次睡去，睡梦中仍会出现我们的身影。等到明早，日上三竿之时，孩子们连衣服都顾不得穿，就会迫不及待地跑上天台，迎接他们的礼物。

去年咱们过得多开心哪。今晚肯定也会很有趣，小银啊，我的小骆驼！

金　山

如今的堆山^①，被掘矿人开采得日渐贫瘠，只剩几座小小的红土山丘了，尽管如此，隔海相望，它还是一片金黄，故而当时的罗马人才为它起了这样一个光辉而崇高的美名——金山。与其绕道墓园，经由这里到达风车磨坊的路途更近。沿途尽是断壁残垣，掘矿人曾在附近的葡萄园里挖出过骨骼、金币和古董陶瓮。

小银，哥伦布在这里做过的事我不甚关心^②：什么他可能来过我家啦，什么他在圣克拉拉教堂领过圣餐啦，这棵棕榈树哥伦布来的时候就有啦，这个旅馆他曾经住过啦……诸如此类的传说，不会让我感到骄傲。你知道，其实他从美洲只

---

① 原文为Monturrio，音译可作蒙图里奥，指废墟和瓦砾堆积的小山包，后文提到的欺骗指的就是从字面上看，这座山并不宏伟，甚至让人不屑一顾。
② 在莫格尔流传这样一种说法，哥伦布在前往美洲之前或之后，曾在这里停留过。

给我们带来了两件礼物①。这里真正令我钟爱的，是可以在脚下感受到罗马人的存在，一如强大的根须。小银，他们建造的城堡坚不可摧，后人连一根细细的风向标都插不进去……

我忘不了儿时的自己第一次听到金山②这个名字时的感觉。从那时起，堆山就在我心中变得无比高贵。每当乡愁向我袭来，我便能想到贫寒故乡中的这场凄美的欺骗。还有谁值得我艳羡？教堂也好，城堡也罢，还有什么古迹能让我在落日之下如此长久地沉思？仿佛我突然之间就寻到了永不消逝的宝藏。莫格尔，残金之山，小银，你现在生死都无憾了。

---

① 烟草和梅毒，都是贬义。

② 原文为拉丁语Mons-urium。

葡萄酒

小银，我告诉过你，莫格尔的灵魂是面包。也不尽然。其实莫格尔更像是一只厚重、清透的红酒杯，终年在浑圆的苍穹之下等待，只为得到一杯天赐的琼浆玉液。一到九月，如果魔鬼不搞破坏，这只酒杯就会斟满葡萄酒，直至漫溢出来，仿佛一颗慷慨的心。

届时，整座小镇美酒飘香，觥筹交错之声不绝于耳。阳光也好似变成了液体，贡献出一股流动的美丽，心甘情愿地守住这座白色的透明小镇，为人人的脸上增添一份喜庆。夕阳西下之时，家家户户都会变成胡安尼托·米盖尔或雷阿利斯塔架上的一个个酒瓶。

这让我想到了特纳①的《慵懒之泉》，整幅作品中柠檬黄的基调就像是被浇上了新酿的葡萄酒。如此一来，莫格尔便是一口美酒之泉了，泉水如血液般，毫无保留地从每一个创

---

① 约瑟夫·特纳（1775—1851）是英国浪漫主义风景画家。

口喷涌而出；它也是一口悲伤的欢乐之泉，一如四月的太阳，每年春天都会光顾，可惜日日照常落山。

寓　言

　　小银，从儿时起，我就本能地讨厌寓言，就像我厌恶教堂、宪兵、斗牛士和手风琴是一个道理。寓言家们借那些可怜的动物之口可没少说蠢话，所以我痛恨它们，觉得它们和自然史课堂上，玻璃橱窗里的标本一样令人作呕。在我看来，这些动物说出的每一个字，准确地讲是一位伤风感冒、皮肤粗糙、面色发黄的先生说出的每一个字，都像是一枚玻璃眼珠、一对金属丝编成的翅膀，抑或是一个支撑假花的支架，百无一用。后来，每当我在韦尔瓦或塞维利亚的马戏团观看动物表演时，那些原本被我遗忘了的寓言故事又如噩梦般重现，让我再次忆起了那场不甚愉快的青春。

　　长大后，小银，寓言家让·德·拉封丹终于让我和那些会说话的动物和解了，我跟你提起过很多次，他的话语有时候真的让我仿佛听到了乌鸦、鸽子或山羊的声音。不过，故事结尾的寓意我是不读的，因为那不过是一条枯燥的尾巴，是灰烬，是作者完稿时不慎留下的污渍而已。

　　小银，还好你不是一头字面意义上的驴，更不是西班牙语皇家字典里隐喻的那种驴；而是我知道和了解的样子。你有你的语言，而非我的，正如我听不懂玫瑰和夜莺的语言一般。所以你完全不必担心我会在书里将你写成一个油嘴滑舌的英雄，把你铿锵的话语跟狐狸和朱顶雀说的话编织在一起，最后再推导出一段道德寓意，用斜体字大咧咧地印着，更显其冰冷和空洞。我不会这么做的，小银……

狂欢节

小银真俊哪！今天是狂欢节的星期一，孩子们打扮成了光彩夺目的斗牛士、小丑和公子哥，也给小银佩戴上了摩尔人的马具，上面装饰着阿拉伯风格的刺绣图案，红的、绿的、白的、黄的都有。

雨过天晴，寒意依旧。五彩纸屑被午后刺骨的寒风吹得在人行道上不住翻滚。头戴面具的人冻得发僵，一心只想把紫青的双手伸进口袋里取暖。

我们一到广场，就看到了一群打扮成疯子的女人，她们身着白衫，黑色的秀发上顶着绿叶编织的花环。她们把小银拉进嬉闹的人群中，手拉着手，围着它快乐地转起了圈儿。

小银一下子不知所措，它竖起耳朵，抬起脑袋，仿佛一只被火困住的蝎子，紧张得四处逃窜。可是它那么小，人群根本不害怕，依旧在它周围转着，唱着，笑着。看到小银困在那里，孩子们便学起驴叫逗它嘶鸣。此时的广场俨然变成了一场嘈杂的音乐会，管乐、驴鸣、欢笑、歌谣、铃鼓、铜钹，齐番奏响……

小银终于像个男人般下定了决心，它冲破重围，哭着向我奔来，华丽的马饰散落一地。它和我一样不喜欢狂欢节……我俩生来就不适合做这类事情……

莱 昂

二月的傍晚愉快又孤单，我和小银沿着蒙哈斯广场的石凳慢慢走着，一人一边。晚霞开始在医院上空浮现，为金黄的天边抹上一缕淡淡的胭红。忽然，我感觉到有人在跟着我们。回头一看，原来是盛装打扮的莱昂，他拍了拍我的肩膀……

没错，他就是莱昂，已经喷好了香水，穿上了为晚间的演奏会准备的格子礼服，脚蹬漆皮黑靴，腰系一条绿色的丝巾，胳膊底下还夹着一对闪闪发亮的铜钹。他拍了拍我，而后侃侃而谈，说什么上帝赐予了每个人不同的才能，比如说我的才能是在报纸上写文章……他的耳朵灵，所以才能……"胡安先生，您看呀，铜钹可以说是最难演奏的乐器了……唯独它是没有乐谱的……"他说，凭他的耳力和乐感，要是想搞砸演出，只要在乐队演奏前把曲子用口哨吹出来就可以了。"您看啊……咱们每个人的能力各不相同，您在报纸上写文章……我的力气比小银的还要大……您摸摸我这里……"

他把那颗衰老谢顶的头伸给我看，头顶中心，长着一个又老又硬的茧，那是辛苦劳作的痕迹。

　　他又拍了拍我，往后退了一步，冲我挤挤眼睛，便吹着口哨走开了。我不知道他吹的是什么歌儿，但无疑是今晚要演出的新曲。然而没走几步，他又折返，递给我一张名片，上面写着：

　　莱昂

　　莫格尔弦乐队

　　首席

风车磨坊

　　小银，对当时的我来说，这片水塘是多么巨大，这个红土马戏场是多么伟岸啊！松林便是先倒映在这潭水中，后来又用绝美的倩影填满了我的梦吗？我也是在这个看台上，聆听着阳光编织的醉人音乐，第一次见到了平生最动人的美景吗？

　　是啊，吉卜赛人还在这里，对斗牛的恐惧又回来了。那个男人孤单的身影一如既往地出现了，——是同一个男人，还是另一个？——他活像一个酩酊大醉的该隐①，在我们经过时满口胡言，用仅剩的一只眼睛看着前方，观察来往的人群……又随即收回目光……他心中定悲喜交加，悲而常新，喜而颓唐！

　　小银，我觉得在我重回此地之前，就在库尔贝②和勃克林的画中见过眼前的景象，这是我儿时最心驰神往的地方。我

---

① 据《圣经》记载，该隐是亚当和夏娃的长子，后因谋杀亲生兄弟，成了世界上第一个杀人者，是罪恶的代名词。

② 古斯塔夫·库尔贝（1819—1877）是法国画家，现实主义画派创始人。

也曾想用画笔记录下那秋日晚霞火红的光辉，记录下那片冲刷着红土地的清澈池水，记录下松林在水塘中的倒影……然而，唯一留存的，只有一段野草丛生的记忆，它也抵不过时光的侵蚀，宛如一张火焰旁的丝绸纸张，在我童年的奇幻阳光下摇曳不息，终灰飞烟灭、被人淡忘……

钟 楼

不行，你不能上来。你的个头太大了，小银。这要是塞维利亚的吉拉达钟楼就好了！

我多希望你能上来呀！因为站在挂钟的露台上，可以清楚地看到家家户户的白色天台、天台上的五彩玻璃篷，以及种在蓝色花盆里的朵朵鲜花。从前，当人们把大吊钟抬上来时，曾撞坏了朝南的露台，从这里望去，恰好可以看到城堡的庭院、迭斯莫酒窖，还能在海风的吹拂中望见浩瀚的汪洋。再往上走，就到了悬挂吊钟的地方，举目远眺，是近旁的四个小镇、开往塞维利亚的和从清河来的火车，还有佩尼亚圣母像。再钻一个铁栏杆，你要是来了，准会碰到圣胡安娜雕像的脚，这双脚还被闪电击中过呢；你肯定会把大脑袋伸出神龛，在蓝白相间的瓷砖下被太阳照得金光闪闪。说不定你会吓坏了在广场上玩斗牛的孩子们，引他们发出尖厉却兴高采烈的叫嚷呢。

可怜的小银啊，你要放弃的荣誉可真不少！你的一生正如那条通往旧墓园的小路一般，单纯、质朴、简单！

贩沙人的驴

　　你瞧，小银，戈马多的驴队来了。它们负载着湿漉漉的红沙，走得慢慢吞吞、垂头丧气，用来鞭打它们的枝条就插在尖尖的沙包里，宛如插在它们的心上……

情 歌

瞧啊，小银，蝴蝶于花园翻飞，已三圈儿有余，宛如一头奔驰在马戏场中的小马驹，现在又飞过了围墙；那洁白的身躯，掀起了甜蜜的光之海洋里唯一的细浪。我想它是飞向了墙外的那片野蔷薇吧，因为我甚至能望穿石灰墙，瞥见它的蝶影。瞧啊，它又飞回来了。其实有两只，一白一黑，白的是它自己，黑的是它的影子。

小银，世间的绝美之物，企图掩盖也是枉然，一如你的明眸之于面庞，繁星之于月夜，玫瑰与蝴蝶之于黎明的花园。

小银，它的舞姿多么迷人！飞翔能为它带来快乐，正如诗句能为真正的诗人带来享受一般，我也算其中一员。它全身心地沉浸在自己的舞蹈中，世界上再没有什么值得在乎了，它的世界便是这座花园。

别出声，小银……只消静静地欣赏这场美好的蝶舞，舞得既干净又纯粹！

死 亡

我去看小银的时候，它正躺在麦秸做的床上，目光中尽是柔弱和哀伤。我凑上去轻轻抚摸它，想用轻柔的话语唤它起来。

听到我的声音，可怜的小家伙的身体猛地抽动了一下，跪起一条前腿试图起身……却力不从心……我将它的腿在地上伸平，再次温柔地抚摸着它，随后，叫来了它的医生。

达尔旁老先生的牙齿都掉光了，看到小银的样子，当即就把嘴缩进了脖子，脸涨得通红，脑袋垂在胸前，像钟摆一样摇了起来。

"情况不妙啊……"

他后来说的话我全没听进去……什么可怜的小银撑不住了……没治了……什么疼痛啊……有毒的根啊……地上的草啊……

正午，小银就死了。它棉花般柔软的肚子胀得巨大，四条腿没了血色，僵直地指向天际。它卷曲的毛发仿佛破旧玩偶的头发，遭了虫蛀，乱蓬蓬的，手掌轻轻划过，便幻化成了悲伤的灰烬……

厩棚一片死寂。一只美丽的三色蝴蝶飞出小银的身体，向着阳光飞升，飞得愈高，就愈耀眼。

思 念

　　小银，你能看见我们，对不对？你是否看见了那清凉澄澈的溪水，浇过果园的水车，流动得既平静又欢乐？你是否看见了辛勤的蜜蜂，绕着迷迭香上下翻飞；挂在山头的最后一缕天光，将这丛绿绿紫紫的植物映照得一片金红？

　　小银，你能看见我们，对不对？

　　你是否看见了洗衣妇们的小毛驴，它们疲惫、蹒跚、忧郁，正经过古泉，走在这一刻天地相交的辉煌和无限的纯洁里？

　　小银，你能看见我们，对不对？

　　你是否看见在蔷薇丛中奔跑得面红耳赤的孩子们，是否看见那些栖于枝头的小花，是否看见了一群翩翩起舞的洁白蝴蝶？

　　小银，你能看见我们，对不对？

　　小银，你看见我们了吗？是的，你看见我了。因为我仿佛听到了，没错，我真的听到了你甜美却悲戚的叫声，响彻在彩云散尽的天边，温柔了整个山谷。

木　驴

　　我把小银的驴鞍、笼头和缰绳挂在小木驴上，将这些东西一齐拿到了谷仓，和角落里那些被时光遗忘的婴儿床堆砌到一起。谷仓宽敞宁静、阳光明媚，从这里可以眺望整个莫格尔乡野的风光：左边有红色的风车磨坊；对面是被松林掩盖的蒙特马约尔山和山上的白色修道院；教堂后面是隐秘的松园；西方有海，在盛夏潮起潮落，泛着粼粼波光。

　　孩子们爱在假期来谷仓玩耍，把废弃的椅子当马车，用涂红的报纸搭建剧场、教堂、学堂……

　　有时候，他们还会骑上这头没有灵魂的小木驴，胡乱地比画着手脚，在想象中的草原上驰骋，口中同时喊道：

　　"驾——小银！驾——小银！"

感 伤

今天下午，我和孩子们一起去了松园里小银的坟墓，它就葬在那棵最大最圆的松树脚下。四月已把周围湿润的土地装点上了朵朵鲜黄的百合花。

翠绿的树顶被天空染得湛蓝，山雀在顶上歌唱，它们的啼啭有如绽放的花朵，又如灿烂的欢笑，飘荡在温柔傍晚那金黄的空气中，宛如一场热恋中的清梦。

一到这儿，孩子们便不再喊叫，变得安静又严肃，他们用闪闪发亮的眼睛凝视着我，眼神中充满了好奇和疑问。

"小银啊，我的好朋友！"我对着土地说道，"我想，你一定是上了天堂的草原，毛茸茸的背上驮着小天使，那你是不是就……已经把我忘了？小银，告诉我，你还记得我吗？"

仿佛是要回答我的问题一般，一只我不曾见过的洁白蝴蝶闯入了我的眼帘，好似一缕魂，轻盈地飞舞在朵朵百合花间。

献给在莫格尔天上的小银①

爱跑爱跳的小银啊，你是如此甜美，我的小毛驴，你曾无数次地载着我的灵魂——只有我的灵魂！——游走于长满仙人掌、锦葵和忍冬的幽深小路上：这本书是献给你的，这本书是关于你的，你现在可以读懂它了。

你的灵魂已经去了天堂的草场吧，那么莫格尔山川草木的灵魂也一定和你一同在天上；我的灵魂，亦会骑着这本纸做的书脊，沿花路飞升，一日比一日更加善良、更加平和、更加纯净。

是的，我知道，夕阳西下，当我穿过孤单的橙园，伴着黄鹂鸟和橙花来到埋葬你的松树下时，你，小银，你会站在开满永恒之花的天堂牧场上，幸福地望着我，望着我驻足于嫩黄的百合花前，这些百合恰好绽放于你破碎的心房之上。

---

① 作者要求本章正文用斜体印刷。

纸壳小银

小银，当这本纪念你的小书于一年前第一次问世时，我的好友，也是你的好友，送了我这只硬纸壳做的小银①。

你能看到它吗？瞧：它的身体半灰半白，嘴巴又黑又红，眼眸硕大而乌黑，背上有六个陶土烧的小驮筐，里面栽着用丝绸纸折的花朵，粉的、白的、黄的……它站在一块靛蓝的台上，下面有四个不甚精美的轮子，移动时，脑袋还能摇晃呢。

小银，因为你的关系，我也渐渐喜欢上了这头玩具的小驴。每个来我书房的人看到它时，都会笑着说："小银。"若有人不认得它，问我这是什么时，我便会回答："这是小银……"我叫惯了这个名字，对这个名字有太深的感情，以至于当我独处时，我会觉得那就是你，还会向它投去宠爱的目光。

---

① 现存于莫格尔博物馆。

小银，你呢？人的记忆可真坏呀！这个纸壳的小银，在今天看来，甚至比你都更像小银呢……

1915 年，于马德里

献给躺在泥土里的小银

等一下，小银，让我来与你的死亡做伴。我从未活过。什么都没有发生过。你还活着，而我还和你在一起……我独自前来。孩子们都已长大成人。我们三人的毁灭即将到来——你知道我说的是谁 [①]——我们伫立于死亡的荒漠之上，守着那最好的财富，也就是我们的心灵。

我的心灵！但愿心灵的富足能使他们二人得到满足，就像我一样。但愿他们能思我所思、想我所想。不过……还是算了，他们最好不要和我有相同的思想，这样他们就不会在回忆里留下因我的罪恶、我的无耻、我的莽撞而造成的哀伤。

我真快乐，能跟你吐露这些只有你才能知道的心事！……我一定会谨言慎行，让当下变成值得铭记一生的回忆；给未来留下一段往事，这段往事有着紫罗兰的形态、

[①] 这三个人中的一人无疑是胡安·拉蒙·希梅内斯本人，另外二人作者没有明确指出是谁。学者们对此二人的身份争论不一。

紫罗兰的颜色、紫罗兰的香气，于阴影中轻轻绽放。

你，小银，你留在了过去。然而，过去对你来说又算得了什么呢？你活在永恒之中，和我一样，手中托着每天初生的太阳，鲜红无比，仿佛神明那颗不朽的心。